MARIA DOS PRAZERES
E OUTROS CONTOS

GABRIEL GARCÍA MÁRQUEZ

MARIA DOS PRAZERES
E OUTROS CONTOS

Ilustrados por CARME SOLÉ VENDRELL

Tradução de
ÉDSON BRAGA, ERIC NEPOMUCENO e REMY GORGA FILHO

EDITORA RECORD
RIO DE JANEIRO • SÃO PAULO
2020

EDITORA-EXECUTIVA
Renata Pettengill

SUBGERENTE EDITORIAL
Mariana Ferreira

ASSISTENTE EDITORIAL
Pedro de Lima

REVISÃO
Rejane Alves

CAPA
Renata Vidal

DIAGRAMAÇÃO
Juliana Brandt

TÍTULO ORIGINAL
Cuentos

CIP-BRASIL. CATALOGAÇÃO NA PUBLICAÇÃO
SINDICATO NACIONAL DOS EDITORES DE LIVROS, RJ

G21m   García Márquez, Gabriel, 1927-2014
     Maria dos Prazeres e outros contos / Gabriel García Márquez, Carme Solé Vendrell; tradução de Édson Braga, Eric Nepomuceno, Remy Gorga, Filho. – 1ª ed. – Rio de Janeiro: Record, 2020.
     144 p. ; 23 cm.

     Tradução de: Cuentos
     ISBN 978-85-01-11817-2

     1. Contos colombianos. I. Vendrell, Carme Solé. II. Braga, Édson. III. Nepomuceno, Eric. IV. Gorga Filho, Remy. V. Título.

                               CDD: 868.993613
19-60489   CDU: 82-34(862)

Vanessa Mafra Xavier Salgado – Bibliotecária – CRB-7/6644

Copyright © Gabriel García Márquez ([A sesta de terça-feira], de *Os funerais de mamãe grande*, © 1962; [Um senhor muito velho com umas asas enormes, A última viagem do navio fantasma], de *A incrível e triste história de Cândida Erêndira e sua avó desalmada*, © 1972, [Maria dos Prazeres, O verão feliz da senhora Forbes e A luz é como água], de *Doze contos peregrinos*, © 1992 e herdeiros de Gabriel García Márquez

Copyright das ilustrações © 1999, Carme Solé Vendrell

Texto revisado segundo o novo Acordo Ortográfico da Língua Portuguesa.

Todos os direitos reservados. Proibida a reprodução, no todo ou em parte, através de quaisquer meios. Os direitos morais dos autores foram assegurados.

Direitos exclusivos de publicação em língua portuguesa somente para o Brasil adquiridos pela
EDITORA RECORD LTDA.
Rua Argentina, 171 – Rio de Janeiro, RJ – 20921-380 – Tel.: (21) 2585-2000, que se reserva a propriedade literária desta tradução.

Impresso no Brasil

ISBN 978-85-01-11817-2

Seja um leitor preferencial Record.
Cadastre-se no site www.record.com.br e receba informações sobre nossos lançamentos e nossas promoções.

Atendimento e venda direta ao leitor:
sac@record.com.br

A sesta da terça-feira	9
Um senhor muito velho com umas asas enormes	29
A última viagem do navio fantasma	51
O verão feliz da senhora Forbes	69
A luz é como a água	95
Maria dos Prazeres	113

A sesta da terça-feira

O trem saiu do trepidante corte de pedras vermelhas, entrou na plantação de bananas, de ruas simétricas e intermináveis, e o ar se fez úmido e não se voltou a sentir a brisa do mar. Um rolo de fumaça sufocante entrou pela janela do vagão. No estreito caminho paralelo à via férrea havia carros de boi cheios de cachos verdes. Do outro lado do caminho, em inopinados espaços sem plantação, havia escritórios com ventiladores elétricos, acampamentos de tijolos vermelhos e residências com cadeiras e mesinhas brancas nas varandas, entre palmeiras e roseiras empoeiradas. Eram onze horas da manhã e ainda não começara a fazer calor.

— É melhor levantar a vidraça — disse a mulher. — Seu cabelo vai ficar cheio de carvão.

A menina tentou obedecer, mas a persiana estava presa pela ferrugem.

Eram os únicos passageiros no vagão pobre, de terceira classe. Como a fumaça da locomotiva continuava entrando pela janela, a menina levantou-se e pôs em seu lugar os únicos objetos que levavam: uma sacola de plástico com coisas de comer e um ramo de flores embrulhado em papel de jornal. Sentou-se no banco oposto, longe da janela, de frente para a mãe. Ambas vestiam um luto rigoroso e pobre.

A menina tinha doze anos e era a primeira vez que viajava. A mulher parecia velha demais para ser sua mãe, por causa das veias azuis nas pálpebras e do corpo pequeno, flácido e sem formas, em um vestido que parecia uma batina. Viajava com a coluna vertebral firmemente apoiada contra o espaldar do assento, segurando no colo com as duas mãos uma bolsa de verniz desbotado. Tinha a serenidade escrupulosa da gente acostumada à pobreza.

O calor começara ao meio-dia. O trem parou dez minutos numa estação sem povoado para abastecer-se de água. Do lado de fora, no misterioso silêncio das plantações, a sombra tinha um aspecto limpo. Mas o ar estancado dentro do vagão cheirava a couro cru. O trem não voltou a acelerar. Parou em dois povoados iguais, com casas de madeira pintadas de cores vivas. A mulher inclinou a cabeça e começou a cochilar. A menina tirou os sapatos. Depois foi ao sanitário para botar água no ramo de flores mortas.

Quando voltou a mãe esperava-a para comer. Deu-lhe um pedaço de queijo, meia broa de milho e um biscoito doce e tirou para si da sacola de plástico uma ração igual. Enquanto comiam, o trem atravessou lentamente uma ponte de ferro e passou ao largo de um povoado igual aos anteriores, só que neste havia uma multidão na praça. Uma banda de música tocava uma peça alegre sob um sol esmagador. Do outro lado do povoado, em uma planície entrecortada por trechos áridos, terminavam as plantações.

A mulher parou de comer.

— Calce os sapatos — disse.

A menina olhou para fora. Não viu nada além da planície deserta por onde o trem começava a correr de novo, mas guardou na sacola o último pedaço de biscoito e calçou rapidamente os sapatos. A mulher deu-lhe um pente.

— Penteie-se — disse.

O trem começou a apitar enquanto a menina se penteava. A mulher enxugou o suor do pescoço e limpou a gordura do rosto com os dedos. Quando a menina acabou de se pentear o trem passou diante das primeiras casas de um povoado maior, porém mais triste que os anteriores.

— Se você está com vontade de fazer alguma coisa, faça agora — disse a mulher. — Depois, mesmo que esteja morrendo de sede, não tome água em lugar nenhum. Principalmente, não vá chorar.

A menina concordou com a cabeça. Pela janela entrava um vento ardente e seco, misturado com o apito da locomotiva e o estrépito dos velhos vagões. A mulher enrolou a sacola com o resto dos alimentos e guardou-a na bolsa. Por um instante, a imagem total do povoado, na luminosa terça-feira de agosto, resplandeceu na janela. A menina embrulhou as flores nos jornais empapados, afastou-se um pouco mais da janela e olhou fixamente para a mãe. Ela devolveu-lhe uma expressão tranquila. O trem parou de apitar e diminuiu a marcha. Um momento depois parou.

Não havia ninguém na estação. Do outro lado da rua, na calçada sombreada pelas amendoeiras, apenas o salão de bilhar estava aberto. O povoado flutuava no calor. A mulher e a menina desceram do trem, atravessaram a estação abandonada cujos ladrilhos começavam a rachar pela pressão da erva e cruzaram a rua até a calçada de sombra.

Eram quase duas. A essa hora, abatido pela modorra, o povo fazia a sesta. Os armazéns, as repartições públicas, a escola municipal fechavam às onze e não voltavam a abrir até um pouco antes das quatro, quando o trem passava de volta. Só permaneciam abertos o hotel em frente à estação, sua cantina e seu salão de bilhar e o escritório do telégrafo a um canto da praça. As casas, em sua maioria construídas no mesmo estilo da companhia bananeira, tinham as portas fechadas por dentro e as persianas baixadas. Em algumas fazia tanto calor que seus moradores almoçavam no pátio. Outros recostavam uma cadeira à sombra das amendoeiras e faziam a sesta sentados em plena rua.

Procurando sempre a proteção das amendoeiras, a mulher e a menina entraram no povoado sem perturbar a sesta. Foram diretamente para a casa paroquial. A mulher raspou com a unha a tela metálica da porta, esperou um pouco e voltou a chamar. No interior zumbia um ventilador elétrico. Não se ouviram passos. Ouviu-se apenas o estalido de uma porta e em seguida uma voz cautelosa bem perto da tela metálica: "Quem é?" A mulher procurou ver através da tela.

— Preciso falar com o padre.

— Ele agora está dormindo.

— É urgente — insistiu a mulher.

Sua voz tinha uma tenacidade repousada.

A porta entreabriu-se sem ruído e surgiu uma mulher madura e gorduchinha de pele muito pálida e cabelos cor de ferro. Os olhos pareciam muito pequenos por trás das grossas lentes.

— Entrem — disse e acabou de abrir a porta.

Entraram em uma sala impregnada de um velho cheiro de flores. A mulher da casa conduziu-as até um banco de madeira e fez sinal para que se sentassem. A menina assim o fez, mas a mãe permaneceu de pé, absorta, com a bolsa apertada nas duas mãos. Não se percebia nenhum ruído além do ventilador elétrico.

A mulher da casa surgiu na porta dos fundos.

— Ele falou para voltarem depois das três — disse em voz muito baixa. — Deitou-se há cinco minutos.

— O trem sai às três e meia — disse a mulher.

Foi uma resposta rápida e firme, mas a voz continuava calma, com muitos matizes. A mulher da casa sorriu pela primeira vez.

— Bem — disse.

Quando a porta dos fundos voltou a fechar-se a mulher sentou-se ao lado da filha. A estreita sala de espera era pobre, ordenada e limpa. Do outro lado de uma balaustrada de madeira que dividia a sala havia uma mesa de trabalho, simples, coberta com um oleado, e em cima da mesa uma máquina de escrever primitiva junto a um vaso com flores. Atrás estavam os arquivos paroquiais. Notava-se que era um escritório arrumado por uma mulher solteira.

A porta dos fundos abriu-se e desta vez apareceu o sacerdote limpando os óculos com um lenço. Somente quando os colocou pareceu evidente que era irmão da mulher que abrira a porta.

— O que desejam? — perguntou.

— A chave do cemitério — disse a mulher.

A menina estava sentada com as flores ao colo e os pés cruzados debaixo do banco. O sacerdote olhou-a, depois olhou a mulher e depois, através da tela metálica da janela, o céu brilhante e sem nuvens.

— Com este calor — disse. — Podiam esperar até que o sol baixasse um pouco.

A mulher moveu a cabeça em silêncio. O sacerdote passou para o outro lado da balaustrada, tirou do armário um caderno encapado de oleado, uma caneta de madeira e um tinteiro e sentou-se à mesa. O cabelo que lhe faltava na cabeça sobrava nas mãos.

— Qual o túmulo que vão visitar? — perguntou.

— O de Carlos Centeno — disse a mulher.

— Quem?

— Carlos Centeno — repetiu a mulher.

O padre continuou sem entender.

— É o ladrão que mataram aqui na semana passada — disse a mulher no mesmo tom. — Sou mãe dele.

O sacerdote examinou-a. Ela olhou-o fixamente, com um domínio tranquilo, e o padre ruborizou-se. Baixou a cabeça para escrever. À medida que enchia a folha pedia à mulher os dados de sua identidade e ela respondia sem vacilação, com detalhes precisos, como se estivesse lendo. O padre começou a suar. A menina desabotoou a fivela do sapato esquerdo, descalçou o calcanhar e o apoiou ao contraforte do banco. Fez o mesmo com o direito.

Tudo começara na segunda-feira da semana anterior, às três da madrugada e a poucas quadras dali. A senhora Rebeca, uma viúva solitária que vivia em uma casa cheia de cacarecos, percebeu por entre o rumor da chuva fina que alguém tentava forçar a porta da rua pelo lado de fora. Levantou-se, procurou tateando no guarda-roupa um revólver arcaico que ninguém havia disparado desde os tempos do coronel Aureliano Buendía, e foi para a sala sem acender as luzes. Orientando-se menos pelo ruído da fechadura que por um terror desenvolvido nela por 28 anos de solidão, localizou na imaginação não só o lugar em que estava a porta como a altura exata da fechadura. Segurou a arma com as duas mãos, fechou os olhos e apertou o gatilho. Era a primeira vez na vida que disparava um revólver. Imediatamente após a detonação não ouviu nada além do murmúrio da chuva fina no teto de zinco. Depois percebeu um barulhinho metálico na calçada de cimento e uma voz muito baixa, tranquila, mas terrivelmente fatigada: "Ai, minha mãe." O homem que amanheceu morto diante da casa, com o nariz despedaçado, vestia uma blusa de flanela de listras coloridas, uma calça ordinária com uma corda em lugar de cinto, e estava descalço. Ninguém o conhecia no povoado.

— Então ele se chamava Carlos Centeno — murmurou o padre quando acabou de escrever.

— Centeno Ayala — disse a mulher. — Era o único varão.

O sacerdote voltou ao armário. Penduradas em um prego por dentro da porta havia duas chaves grandes e enferrujadas, como a menina imaginava, e como imaginava a mãe quando era menina, e como deve ter imaginado alguma vez o próprio sacerdote que seriam as chaves de São Pedro. Apanhou-as, colocou-as no caderno aberto sobre a balaustrada e mostrou com o indicador um lugar na página escrita, olhando a mulher.

— Assine aqui.

A mulher garatujou o nome, sustentando a bolsa debaixo do braço. A menina apanhou as flores, dirigiu-se à balaustrada arrastando os sapatos e observou atentamente a mãe.

O pároco suspirou.

— Nunca tentou fazê-lo entrar para o bom caminho?

A mulher respondeu quando acabou de assinar.

— Era um homem muito bom.

O sacerdote olhou alternadamente a mulher e a menina e verificou com uma espécie de piedoso espanto que não pareciam a ponto de chorar. A mulher continuou inalterável:

— Eu lhe dizia que nunca roubasse nada que fizesse falta a alguém para comer e ele me escutava. Entretanto, antes, quando lutava boxe, passava até três dias na cama prostrado pelos golpes.

— Teve que arrancar todos os dentes — interveio a menina.

— Isso mesmo — confirmou a mulher. — Cada bocado que eu comia nesse tempo tinha gosto dos murros que davam em meu filho nos sábados à noite.

— A vontade de Deus é inescrutável — disse o padre.

Mas disse sem muita convicção, em parte porque a experiência tornara-o um pouco cético, e em parte devido ao calor. Recomendou-lhes que protegessem a cabeça para evitar a insolação. Indicou-lhes, bocejando e já quase completamente dormindo, como deviam fazer para encontrar a sepultura de Carlos Centeno. Na volta não precisavam bater. Deviam colocar a chave por baixo da porta, e deixar ali mesmo, se tivessem, uma esmola para a Igreja. A mulher ouviu as explicações com muita atenção, mas agradeceu sem sorrir.

Mesmo antes de abrir a porta da rua o padre viu que havia alguém olhando para dentro, com o nariz espremido contra a tela metálica. Era um grupo de meninos. Quando a porta se abriu por completo os meninos se dispersaram. A essa hora, normalmente, não havia ninguém na rua. Agora não estavam apenas os meninos.

A sesta da terça-feira

Havia grupos debaixo das amendoeiras. O padre examinou a rua distorcida pela reverberação e então compreendeu. Suavemente, voltou a fechar a porta.

— Esperem um minuto — disse, sem olhar a mulher.

Sua irmã apareceu na porta dos fundos, com uma blusa negra sobre a camisola de dormir e o cabelo solto nos ombros. Olhou o padre em silêncio.

— O que foi? — perguntou ele.

— Eles souberam — murmurou sua irmã.

— É melhor que elas saiam pela porta do pátio — disse o padre.

— Dá no mesmo — disse sua irmã. — Está todo mundo nas janelas.

A mulher parecia não ter ainda compreendido. Procurou ver a rua através da tela. Em seguida pegou o ramo de flores da menina e começou a andar em direção à porta. A menina seguiu-a.

— Esperem o sol baixar um pouco — disse o padre.

— Vocês vão se derreter — disse sua irmã, imóvel no fundo da sala. — Esperem que eu empresto uma sombrinha.

— Obrigada — replicou a mulher. — Vamos bem assim.

Pegou a menina pela mão e saiu para a rua.

Um senhor muito velho com umas asas enormes

Ao terceiro dia de chuva haviam matado tantos caranguejos dentro da casa que Pelayo teve que atravessar seu pátio alagado para atirá-los ao mar, pois o menino recém-nascido passara a noite com febre e se pensava que era por causa da peste. O mundo estava triste desde terça--feira. O céu e o mar eram uma só coisa cinza, e as areias da praia, que em março fulguravam como poeira de luz, converteram-se num caldo de lodo e mariscos podres. A luz era tão mansa ao meio-dia, quando Pelayo voltava a casa, depois de haver jogado os caranguejos, que lhe deu trabalho ver o que se mexia e se queixava no fundo do pátio. Teve que se aproximar muito para descobrir que era um velho, que estava caído de boca para baixo no lodaçal e, apesar de seus grandes esforços, não podia levantar-se, porque o impediam suas enormes asas.

Assustado com aquele pesadelo, Pelayo correu em busca de Elisenda, sua mulher, que estava pondo compressas no menino doente, e a levou até o fundo do pátio. Os dois observaram o corpo caído com um calado estupor. Estava vestido como um trapeiro. Restavam-lhe apenas uns fiapos descorados na cabeça pelada e muito poucos dentes na boca, e sua lastimável condição de bisavô ensopado o havia desprovido de toda grandeza. Suas asas de grande galináceo, sujas e meio depenadas, estavam encalhadas para sempre no lodaçal. Tanto o observaram, e com tanta atenção, que Pelayo e Elisenda se repuseram logo do assombro e acabaram por achá-lo familiar. Então se atreveram a falar-lhe, e ele lhes respondeu em um dialeto incompreensível, mas com uma boa voz de marinheiro. Foi assim que desprezaram o inconveniente das asas, e concluíram, com muito bom juízo, que era um náufrago solitário de algum navio estrangeiro abatido pelo temporal. Apesar disso, chamaram para vê-lo uma vizinha que sabia todas as coisas da vida e da morte, e a ela bastou um só olhar para tirá-los do erro.

— É um anjo — disse-lhe. — Não tenho dúvida de que vinha buscar o menino, mas o coitado está tão velho que a chuva o derrubou.

No dia seguinte todo mundo sabia que em casa de Pelayo tinham aprisionado um anjo de carne e osso. Contra o julgamento da sábia vizinha, para quem os anjos destes tempos eram sobreviventes fugitivos de uma conspiração celestial, não haviam tido coragem para matá-lo a pauladas. Pelayo esteve vigiando-o toda a tarde da cozinha, armado com o seu garrote de meirinho, e antes de deitar-se arrastou-o do lodaçal e o encerrou com as galinhas no galinheiro alambrado. À meia-noite, quando terminou a chuva, Pelayo e Elisenda continua-vam matando caranguejos. Pouco depois o menino acordou sem febre e com vontade de comer. Então se sentiram magnânimos e decidiram pôr o anjo em uma balsa com água potável e provisões para três dias, e abandoná-lo à sua sorte em alto-mar. Mas quando saíram ao pátio, às primeiras luzes da manhã, encontraram toda a vizinhança diante do galinheiro, brincando com o anjo sem a menor devoção e atirando-lhe coisas para comer pelos buracos dos alambrados, como se não fosse uma criatura sobrenatural mas um animal de circo.

O padre Gonzaga chegou antes das sete, alarmado pelo exagero da notícia. A esta hora já haviam acudido curiosos menos frívolos que os do amanhecer, e haviam feito todo tipo de conjecturas sobre o futuro do cativo. Os mais simples pensavam que seria nomeado prefeito do mundo. Outros, de espírito mais austero, supunham que seria promovido a general de cinco estrelas, para que ganhasse todas as guerras. Alguns visionários esperavam que fosse conservado como reprodutor, para implantar na terra uma estirpe de homens alados e sábios, que tomassem conta do universo. Mas o padre Gonzaga, antes de ser cura, tinha sido um forte lenhador. Junto aos alambrados, repassou num instante seu catecismo, e mesmo assim pediu que lhe abrissem a porta para examinar de perto aquele varão lastimável, que mais parecia uma enorme galinha decrépita entre as galinhas distraídas. Estava ati-rado a um canto, secando ao sol as asas estendidas, entre as cascas de frutas e os restos do café que lhe atiraram os madrugadores. Alheio às impertinências do mundo, apenas levantou seus olhos de antiquário e murmurou algo em seu dialeto quando o padre

Gonzaga entrou no galinheiro e lhe deu bom dia em latim. O pároco teve a primeira suspeita de sua impostura ao comprovar que não entendia a língua de Deus nem sabia saudar aos seus ministros. Logo observou que visto de perto ficava muito humano: tinha um insuportável cheiro de intempérie, o avesso das asas semeado de algas parasitárias e as penas maiores maltratadas por ventos terrestres, e nada de sua natureza miserável estava de acordo com a egrégia dignidade dos anjos. Então abandonou o galinheiro, e com um rápido sermão preveniu os curiosos contra os riscos da ingenuidade. Recordou-lhes que o demônio tinha o mau costume de recorrer a artifícios de carnaval para confundir os incautos. Argumentou que se as asas não eram o elemento essencial para determinar as diferenças entre um gavião e um aeroplano, muito menos podiam sê-lo para reconhecer os anjos. Entretanto, prometeu escrever uma carta a seu bispo, para que este escrevesse outra a seu primaz e para que este escrevesse outra ao Sumo Pontífice, de modo que o veredito final viesse dos tribunais mais altos.

Sua prudência caiu em corações estéreis. A notícia do anjo cativo divulgou-se com tanta rapidez que, ao cabo de poucas horas, havia no pátio um alvoroço de mercado, e tiveram que usar a tropa com baionetas para dispersar o tumulto, que já estava a ponto de derrubar a casa. Elisenda, com a coluna torcida de tanto varrer lixo de feira, teve então a boa ideia de murar o pátio e cobrar cinco centavos pela entrada para ver o anjo.

Vieram curiosos até da Martinica. Veio uma feira ambulante, com um acróbata voador, que passou zumbindo várias vezes por cima da multidão, e ninguém lhe fez caso, porque suas asas não eram de anjo mas de morcego sideral. Vieram em busca de saúde os enfermos mais desgraçados do Caribe: uma pobre mulher, que desde menina estava contando as batidas do seu coração e já não lhe bastavam os números, um jamaicano que não podia dormir porque o atormentava o ruído das estrelas, um sonâmbulo que se levantava de noite para desfazer as coisas que fizera acordado, e muitos outros de menor gravidade. No meio daquela desordem de naufrágio, que fazia tremer a terra, Pelayo e Elisenda estavam felizes de cansaço, porque em menos de uma semana empanturravam de dinheiro os quartos, e apesar disso a fila de peregrinos que esperava vez para entrar chegava ao outro lado do horizonte.

O anjo era o único que não participava do seu próprio acontecimento. Gastava o tempo em buscar cômodo no ninho emprestado, aturdido pelo calor de inferno dos lampiões e das velas de promessa que encostavam nos alambrados. No princípio, trataram de que comesse cristais de cânfora, que, de acordo com a sabedoria da sábia vizinha, era o alimento específico dos anjos. Mas ele os desprezava, como desprezou, sem provar, os almoços papais que lhe levavam os penitentes, e nunca se soube se foi por anjo ou por velho que acabou comendo nada mais que papinhas de berinjela. Sua única virtude sobrenatural parecia ser a paciência. Principalmente nos primeiros tempos, quando as galinhas o bicavam em busca dos parasitas estelares que proliferavam nas suas asas, e os entrevados arrancavam-lhe penas para tocar com elas seus defeitos, e até os mais piedosos atiravam-lhe pedras, forçando a que se levantasse para vê-lo de corpo inteiro. A única vez que conseguiram alterá-lo foi quando lhe queimaram as costas com um ferro de marcar novilhos, porque estava há tantas

horas imóvel que o acreditaram morto. Acordou sobressaltado, dizendo disparates em língua hermética e com os olhos em lágrimas, e deu um par de asadas que provocaram um redemoinho de esterco de galinheiro e poeira suja, e um temporal de pânico que não parecia deste mundo. Embora muitos acreditassem que sua reação não fora de raiva e sim de dor, desde aí trataram de não molestá-lo, porque a maioria entendeu que sua passividade não era a de um herói no uso de boa aposentadoria mas de um cataclismo em repouso.

O padre Gonzaga enfrentou a frivolidade da multidão com fórmulas de inspiração doméstica, enquanto esperava um julgamento final sobre a natureza do cativo. Mas o correio de Roma perdera a noção da urgência. Gastavam o tempo em averiguar se o réu convicto tinha umbigo, se seu dialeto tinha algo que ver com o aramaico, se podia caber muitas vezes na ponta de um alfinete, ou se não seria simplesmente um norueguês com asas. Aquelas cartas de prudência teriam ido e vindo até o fim dos séculos se um acontecimento providencial não tivesse posto fim às atribulações do pároco.

Aconteceu que por esses dias, entre muitas outras atrações das feiras errantes do Caribe, levaram ao povoado o triste espetáculo da mulher que se convertera em aranha por desobedecer a seus pais. A entrada para vê-la não só custava menos que a entrada para ver o anjo, mas até permitiam fazer-lhe quaisquer perguntas sobre sua absurda condição, e examiná-la pelo direito e pelo avesso, de modo que ninguém pusesse em dúvida a verdade do horror. Era uma tarântula espantosa, do tamanho de um carneiro, e com a cabeça de uma donzela triste. O mais triste, entretanto, não era sua figura absurda, mas a sincera aflição com que contava os pormenores de sua desgraça; ainda menina, fugira da casa dos pais para ir a um baile, e quando voltava pelo bosque, depois de haver dançado sem licença toda a noite, um trovão pavoroso abriu o céu em duas metades, e por aquela greta saiu o relâmpago de enxofre que a converteu em aranha. Seu único alimento eram as bolinhas de carne moída que as almas caridosas quisessem pôr-lhe na boca. Semelhante espetáculo, carregado de tanta verdade humana e de tão temível escarmento, tinha que derrotar, mesmo sem querer, o de um anjo altivo, que mal se dignava olhar os mortais. Além disso, os escassos milagres que se atribuíam ao anjo revelavam uma certa desordem mental, como o do cego que não recuperou a visão, mas lhe nasceram três dentes novos, e o do paralítico, que não pôde andar, mas esteve a ponto de ganhar na loteria, e o do leproso, em quem nasceram girassóis nas feridas. Aqueles milagres de consolação, que mais pareciam brincadeiras, já haviam abalado a reputação do anjo quando a mulher convertida em aranha acabou por aniquilá-la. Foi assim que o padre Gonzaga se curou para sempre da insônia, e o pátio de Pelayo voltou a ficar tão solitário como nos tempos em que choveu três dias e os caranguejos caminhavam pelos quartos.

Os donos da casa não tiveram nada a lamentar. Com o dinheiro arrecadado, construíram uma mansão de dois andares, com sacadas e jardins, com escadas bem altas para que os caranguejos do inverno não entrassem, e com barras de ferro nas janelas para evitar que entrassem os anjos. Pelayo, além disso, instalou uma criação de coelhos muito perto do povoado e renunciou para sempre a seu mau emprego de meirinho, e Elisenda comprou

umas sandálias acetinadas de saltos altos e muitos vestidos de seda furta-cor, das que usavam as senhoras mais invejadas nos domingos daqueles tempos. O galinheiro foi o único que não mereceu atenção. Se alguma vez o lavaram com creolina e queimaram gotas de mirra no seu interior, não foi para prestar honras ao anjo, mas para conjurar a pestilência de lixeira que já andava como um fantasma por todas as partes e estava tornando velha a casa nova. A princípio, quando o menino aprendeu a andar, cuidaram para que não estivesse muito perto do galinheiro. Mas logo foram esquecendo do medo e acostumando-se ao mau cheiro; antes que o menino mudasse os dentes, já fora brincar dentro do galinheiro, cujos alambrados, podres, caíam aos pedaços. O anjo não foi menos displicente com ele que com o resto dos mortais, mas suportava as maldades mais engenhosas com uma mansidão de cão sem ilusões. Ambos contraíram a catapora ao mesmo tempo. O médico que atendeu ao menino não resistiu à tentação de auscultar o anjo, e encontrou nele tantos sopros no coração e tantos ruídos nos rins que não lhe pareceu possível que estivesse vivo. O que mais o assombrou, entretanto, foi a lógica de suas asas. Ficavam tão naturais naquele organismo completamente humano, que não se podia entender por que não as tinham também os outros homens.

Quando o menino foi à escola, fazia muito tempo que o sol e a chuva haviam destruído o galinheiro. O anjo andava se arrastando, para cá e para lá, como um moribundo sem dono. Tiravam-no a vassouradas de um dormitório e, um momento depois, o encontravam na cozinha. Parecia estar em tantos lugares ao mesmo tempo, que chegaram a pensar que se desdobrava, que se repetia a si mesmo por toda a casa, e a exasperada Elisenda gritava, fora dos eixos, que era uma desgraça viver naquele inferno cheio de anjos. Mal podia comer, seus olhos de antiquário tornaram-se tão turvos que andava tropeçando nas colunas, e já não lhe restavam senão os canudos pelados das últimas penas. Pelayo jogou sobre ele uma manta e lhe fez a caridade de deixá-lo dormir no alpendre, e só então perceberam que passara a noite com febre, delirando em engrolados de norueguês velho. Foi essa uma das poucas vezes que se assustaram, porque pensavam que ia morrer, e nem sequer a sábia vizinha pudera dizer-lhes o que se fazia com os anjos mortos.

Entretanto, não só sobreviveu a seu pior inverno, como pareceu melhor com os primeiros sóis. Ficou imóvel muitos dias no canto mais afastado do pátio, onde ninguém o visse, e em princípios de dezembro começaram a nascer-lhe nas asas umas penas grandes e duras, penas de grande pássaro velho, que mais pareciam um novo percalço da decrepitude. Ele porém devia conhecer a razão dessas mudanças, porque tomava muito cuidado para que ninguém notasse, e de que ninguém ouvisse as canções de marinheiro que às vezes cantava sob as estrelas. Uma manhã, Elisenda estava cortando fatias de cebola para o almoço, quando um vento que parecia de alto-mar entrou pela cozinha. Foi então à janela e surpreendeu o anjo nas primeiras tentativas de voo. Eram tão torpes, que abriu com as unhas um sulco de arado nas hortaliças e esteve a ponto de destruir o alpendre com aquelas asadas indignas, que escorregavam na luz e não encontravam apoio no ar. Mas conseguiu ganhar altura. Elisenda exalou um suspiro de descanso, por ela e por ele, quando o viu passar por cima das últimas casas, sustentando-se de qualquer jeito, com um precário esvoaçar de abutre senil. Continuou vendo-o até acabar de cortar a cebola, e até quando já não era possível que o pudesse ver, porque então não era mais um estorvo em sua vida, mas um ponto imaginário no horizonte do mar.

A última viagem
do navio fantasma

gora vão ver quem sou eu, se disse, com seu novo vozeirão de homem, muitos anos depois de ter visto, pela primeira vez, o imenso transatlântico, sem luzes e sem ruídos, que uma noite passou diante do povoado como um grande palácio desabitado, maior que todo o povoado e muito mais alto que a torre de sua igreja, e continuou navegando em trevas até a cidade colonial fortificada contra os bucaneiros, do outro lado da baía, com seu antigo porto negreiro e o farol giratório, cujos lúgubres fachos de luz, a cada quinze segundos, transfiguravam o povoado num acampamento desbotado, de casas fosforescentes e ruas de desertos vulcânicos, e embora ele fosse então um menino, sem vozeirão de homem, mas com permissão da mãe para escutar, até bem tarde, na praia, as harpas noturnas do vento,

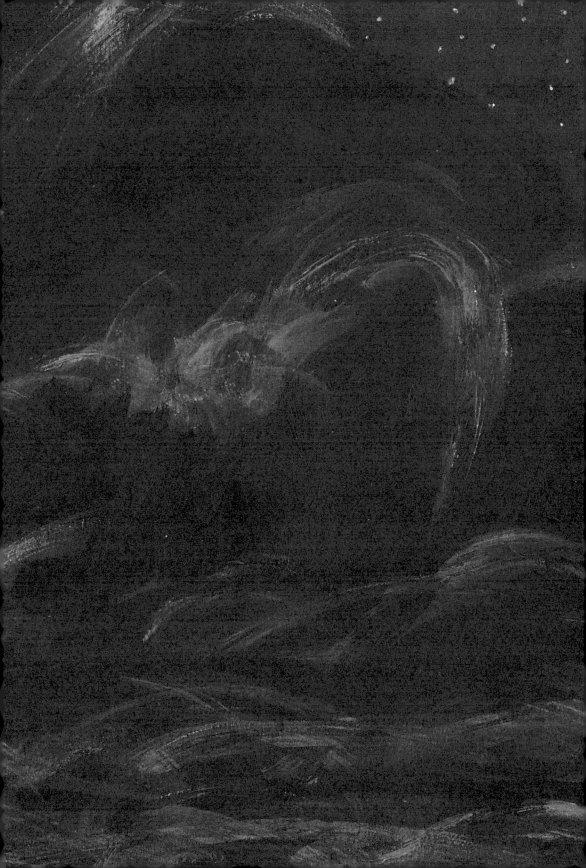

ainda podia recordar, como se o estivesse vendo, que o transatlântico desaparecia quando a luz do farol batia no seu casco, e voltava a
aparecer quando a luz acabava de passar, de modo que era um navio
intermitente, que ia aparecendo e desaparecendo até a entrada da
baía, procurando, com tateios de sonâmbulo, as boias que assinala-
vam o canal do porto, até que algo pareceu falhar em suas agulhas
de orientação, porque derivou para os escolhos, tropeçou, quebrou-
-se em pedaços e afundou sem nenhum ruído, se bem que semelhante encontrão com os recifes era para produzir um fragor de ferros e
uma explosão de máquinas de gelar de pavor os dragões mais adormecidos na selva pré-histórica, que começava nas últimas ruas da
cidade e terminava no outro lado do mundo, de tal modo que ele
mesmo acreditou que era um sonho, principalmente no dia seguinte, quando viu o radiante aquário da baía, a desordem de cores das
barracas dos negros nas colinas do porto, as escunas dos contraban-
distas das Guianas recebendo seu carregamento de papagaios pre-
parados, com o bucho cheio de diamantes, pensou, adormeci contando as estrelas, e sonhei com esse navio enorme, claro, ficou tão
convencido que não contou nada a ninguém nem voltou a se lembrar
da visão até a mesma noite do março seguinte, quando andava procurando nuvens de delfins no mar e o que encontrou foi o transatlântico fantástico, sombrio, intermitente, com o mesmo destino
errado da primeira vez, só que então ele estava tão certo de estar
acordado que correu para contar à mãe, e ela passou três semanas
gemendo de desilusão, porque seu miolo está apodrecendo de tanto
remar contra a corrente, dormindo de dia e vagabundeando de
noite, como gente de má vida, e como teve que ir à cidade por esses
dias, à procura de algo cômodo para sentar-se e pensar no marido

morto, pois se gastaram as molas da sua cadeira de balanço em onze anos de viuvez, aproveitou a ocasião para pedir ao homem do bote que fosse pelos recifes, de modo que o filho pudesse ver o que de fato viu na vitrina do mar, os amores das arraias nas primaveras de esponjas, os capatões rosados e as corvinas azuis mergulhando nos poços de água mais tépida que havia dentro das águas, e até as cabeleiras errantes dos afogados de algum naufrágio colonial, mas nem sinal de transatlânticos afundados nem droga de menino bobo, e, entretanto, ele continuou tão teimoso que a mãe prometeu acompanhá-lo na vigília do próximo março, certo, sem saber já que a única certeza que havia no seu futuro era uma poltrona do tempo de Francis Drake, que comprou num leilão de turcos e na qual se sentou para descansar naquela mesma noite, suspirando, meu pobre Holofernes, se visse o bem que se pensa em você sobre estes abrigos de veludo e com estes brocados de catafalco de rainha, mas quanto mais evocava o marido morto mais borbulhava e se tornava escuro o sangue no coração, como se em vez de estar sentada estivesse correndo, encharcada de calafrios e com a respiração cheia de terra, até que ele voltou de madrugada e a encontrou morta na poltrona, ainda quente mas já meio apodrecida como os guisados de cobra, o mesmo que aconteceu depois a outras quatro senhoras, antes que atirassem ao mar a poltrona assassina, muito longe, onde não fizesse mal a ninguém, pois a usaram tanto através dos séculos que se gastara sua faculdade de produzir repouso, de modo que ele teve de acostumar-se à miserável rotina de órfão, apontado por todos como o filho da viúva que levou ao povoado o trono da desgraça, vivendo não tanto da caridade pública como do peixe que roubava nos botes, enquanto a voz se tornava de bramante e não lembrava mais de suas

A última viagem do navio fantasma

visões de antanho, até outra noite de março, em que olhou por casualidade o mar, e logo, minha mãe, ali está, a descomunal baleia de amianto, a besta barriguda venham vê-la, gritava enlouquecido, venham vê-la, promovendo tal alvoroço de latidos de cães e pânicos de mulher que até os homens mais velhos se lembraram dos espantos de seus bisavós e se meteram debaixo da cama acreditando que o pirata William Dampier voltara, mas os que saíram à rua não se deram ao trabalho de ver o aparelho inverossímil que, naquele instante, voltava a perder o oriente e se destruía no desastre anual, senão que o acertaram com força e o deixaram tão quebrado, que foi então quando ele se disse, babando de raiva, agora vão ver quem sou eu, mas evitou de partilhar com quem quer que fosse sua determinação e passou o ano inteiro com a ideia fixa, agora vão ver quem sou eu, esperando que fosse outra vez a véspera das aparições para fazer o que fez, pronto, roubou um bote, atravessou a baía e passou a tarde esperando por sua grande hora nas quebradas do porto negreiro, entre a geleia humana do Caribe, mas tão absorto em sua aventura que não se deteve, como sempre, diante das lojas dos hindus, para ver os mandarins de marfim talhados no dente inteiro do elefante, nem caçoou dos negros holandeses em suas cadeiras de rodas, nem se assustou, como nas outras vezes, com os malaios de pele de cobra, que haviam dado volta ao mundo seduzidos pela quimera de um restaurante secreto onde vendiam filé de brasileiras grelhado, porque não percebeu coisa alguma até que a noite não desabou sobre ele com todo o peso das estrelas e a selva exalou uma fragrância doce de gardênias e salamandras apodrecidas, e já estava ele remando no bote roubado rumo à entrada da baía, com a lanterna apagada para não chamar a atenção dos policiais da guarda, fantasiado a cada

59

quinze segundos pela asada verde do farol, e outra vez tornado humano pela escuridão, sabendo que andava perto das boias que indicavam o canal do porto, não só porque via cada vez mais intenso seu fulgor opressivo, senão também porque a respiração da água ficava difícil, e assim remava tão ensimesmado que não soube de onde chegou, de súbito, um pavoroso bafo de tubarão, nem por que a noite se fez densa como se as estrelas tivessem morrido de repente, e era porque o transatlântico estava ali, com todo o seu inconcebível tamanho, mãe, maior que qualquer outra coisa grande no mundo e mais escuro que qualquer outra coisa escura da terra ou da água, trezentas mil toneladas cheirando a tubarão, passando tão perto do bote que ele podia ver as costuras do precipício de aço, sem uma só luz nos infinitos olhos de boi, sem um suspiro nas máquinas, sem uma alma, e levando consigo seu próprio âmbito de silêncio, seu próprio céu vazio, seu próprio ar morto, seu tempo parado, seu mar errante no qual flutuava um mundo inteiro de animais afogados, e imediatamente tudo aquilo desapareceu com a força da luz do farol e, por um instante, voltou a ser o Caribe diáfano, a noite de março, o ar cotidiano dos pelicanos, de modo que ele ficou só entre as boias, sem saber que fazer, perguntando-se assombrado se de verdade não estaria sonhando acordado, não só agora como também nas outras vezes, mas mal acabava de se perguntar quando um sopro de mistério foi apagando as boias, da primeira à última, assim que quando a claridade do farol passou o transatlântico voltou a aparecer e já tinha as bússolas desorientadas, talvez sem saber sequer em que lugar do mar o oceano se encontrava, buscando às tontas o canal invisível, mas em realidade derivando para os escolhos, até que ele teve a desagradável revelação de que aquele transtorno das boias era a última chave do encantamento, e acendeu a lanterna do bote, uma mínima luzinha vermelha que não tinha por que assustar ninguém nos minaretes da guarda, mas que devia ser para o piloto como um sol oriental, porque graças a ela o transatlântico corrigiu seu horizonte e entrou pela porta grande do canal, numa manobra de ressurreição feliz, e então todas suas luzes se acenderam ao mesmo tempo, as caldeiras voltaram a resfolegar, acenderam-se as estrelas no seu céu e os cadáveres dos animais foram ao fundo, e havia um estrépito de pratos e uma fragrância de tempero de louro nas cozinhas, e se ouvia o bombardino da orquestra nas cobertas enluaradas e o tum-tum das artérias dos enamorados de alto-mar na penumbra dos camarotes, mas ele levava ainda tanta raiva atrasada que não se deixou aturdir pela emoção nem amedrontar pelo prodígio, senão que se disse, com mais decisão que nunca, que agora vão ver quem sou eu, porra, agora vão ver, e, em vez de se pôr de lado para que aquela máquina colossal não embestasse contra ele, começou a remar à frente dela, porque agora, sim, vão saber quem sou eu, e continuou orientando o navio com a lanterna até que esteve tão certo de sua obediência que o obrigou a descorrigir de novo o rumo dos molhes, tirou-o do canal invisível e o levou, de cabresto, como se fosse um cordeiro do mar, até as luzes do povoado adormecido, um navio vivo e invulnerável às hostes do farol, que agora não o invisibilizavam, mas o tornavam de alumínio a cada quinze segundos, e ali começavam a se definir as cruzes da igreja, a miséria das casas, a ilusão, e o transatlântico ainda ia atrás dele, seguindo-o com tudo o que levava dentro, seu capitão adormecido do lado do coração, ou touros das arenas na neve de suas despensas, o doente solitário em seu hospital, a água órfã de suas cisternas, o piloto irredimido que devia ter con-

fundido os abrolhos com os molhes, porque naquele instante arrebentou o bramido descomunal da sirena, uma vez, e ficou ensopado pelo aguaceiro de vapor que caiu sobre ele, outra vez, e o bote alheio esteve a ponto de soçobrar, e outra vez, mas já era muito tarde, porque aí estavam os caracóis da margem, as pedras da rua, as portas dos incrédulos, o povoado inteiro iluminado pelas mesmas luzes do transatlântico espavorido, e ele mal teve tempo de se afastar para dar passagem ao cataclismo, gritando em meio à comoção, aí está ele, cornos, um segundo antes que o tremendo casco de aço esquartejasse a terra e se ouvisse o estrupício nítido das noventa mil e quinhentas taças de champanha que se quebraram uma depois da outra, da proa à popa, e então se fez luz, e então não era mais a madrugada de março, mas o meio-dia de uma quarta-feira radiante, e ele pôde dar-se o gosto de ver os incrédulos contemplando, com a boca aberta, o maior transatlântico deste mundo e do outro, encalhado diante da igreja, mais branco que tudo, vinte vezes mais alto que a torre, e mais ou menos noventa e sete vezes maior que o povoado, com o nome gravado em letras de ferro, *halalcsillag*, e ainda gotejando pelos lados as águas antigas e lânguidas dos mares da morte.

O verão feliz
da senhora Forbes

e tarde, de regresso à casa, encontramos uma enorme serpente-do-mar pregada pelo pescoço no batente da porta, e era negra e fosforescente e parecia um malefício de ciganos, com os olhos ainda vivos e os dentes de serrote nas mandíbulas escancaradas. Eu andava, na época, com uns nove anos, e senti um terror tão intenso diante daquela aparição de delírio que fiquei sem voz. Mas meu irmão, que era dois anos menor que eu, soltou os tanques de oxigênio, as máscaras e as nadadeiras e saiu fugindo com um grito de espanto. A senhora Forbes ouviu-o da tortuosa escada de pedras que trepava pelos recifes do embarcadouro até a casa e nos alcançou, arquejante e lívida, mas bastou que visse o animal crucificado na porta para compreender a causa do nosso horror. Ela costumava

dizer que quando duas crianças estão juntas, ambas são culpadas do que cada uma fizer sozinha, de maneira que repreendeu a nós dois pelos gritos de meu irmão, e continuou recriminando nossa falta de domínio. Falou em alemão, e não em inglês, como estava estabelecido em seu contrato de preceptora, talvez porque ela também estivesse assustada e se negasse a admitir. Mas assim que recobrou o fôlego voltou ao seu inglês pedregoso e à sua obsessão pedagógica.

— É uma *Muraena helena* — nos disse —, assim chamada porque foi um animal sagrado para os gregos antigos.

Oreste, o rapaz nativo que nos ensinava a nadar nas águas profundas, apareceu de repente atrás dos arbustos de alcaparras. Estava com a máscara de mergulhador na testa, um minúsculo calção de banho e um cinturão de couro com seis facas, de formas e tamanhos diferentes, pois não concebia outra maneira de caçar debaixo d'água que não fosse lutando corpo a corpo com os animais. Tinha uns vinte anos, passava mais tempo nos fundos marinhos que em terra firme, e ele próprio parecia um animal do mar com o corpo sempre besuntado de graxa de motor. Quando o viu pela primeira vez, a senhora Forbes dissera a meus pais que era impossível conceber um ser humano mais belo. No entanto, sua beleza não o punha a salvo do rigor: também ele teve que suportar uma reprimenda em italiano por haver pendurado a moreia na porta sem outra explicação possível que a de assustar os meninos. Depois, a senhora Forbes mandou que a despregasse com o respeito devido a uma criatura mítica e mandou-nos vestir para o jantar.

Fizemos isso de imediato e tratando de não cometer um único erro, porque após duas semanas sob o regime da senhora Forbes havíamos aprendido que nada era mais difícil que viver. Enquanto estávamos debaixo do chuveiro no banheiro em penumbra, percebi que meu irmão continuava pensando na moreia. "Tinha olhos de gente", disse ele. Eu estava de acordo, mas fiz com que ele achasse o contrário, e consegui mudar de tema até acabar meu banho. Mas quando saí do chuveiro me pediu que ficasse para acompanhá-lo.

— Ainda é dia — disse a ele.

Abri as cortinas. Era pleno agosto, e através da janela via-se a ardente planície lunar até o outro lado da ilha, e o sol parado no céu.

— Não é por isso — disse meu irmão. — É que tenho medo de ter medo.

No entanto, quando chegamos à mesa havia feito as coisas com tanto esmero que mereceu uma felicitação especial da senhora Forbes, e mais dois pontos em sua conta da semana. Eu, em compensação, perdi dois pontos dos cinco que tinha ganhado, porque na última hora me deixei arrastar pela pressa e cheguei à sala de jantar com a respiração alterada. Cada cinquenta pontos nos dava direito a uma ração dupla de sobremesa, mas nenhum dos dois havia conseguido passar dos quinze. Era uma pena, de verdade, porque nunca mais encontramos pudins tão deliciosos como os da senhora Forbes.

Antes de começar o jantar rezávamos de pé na frente dos pratos vazios. A senhora Forbes não era católica, mas seu contrato estipulava que nos fizesse rezar seis vezes por dia, e havia aprendido nossas orações para cumprir sua obrigação. Depois nos sentávamos, nós três, reprimindo a respiração enquanto ela comprovava até o detalhe mais ínfimo de nossa conduta, e só quando tudo parecia perfeito tocava a campainha. Então entrava Fulvia Flamínea, a cozinheira, com a eterna sopa de macarrão daquele verão aborrecido.

No começo, quando estávamos sozinhos com nossos pais, a comida era uma festa. Fulvia Flamínea nos servia cacarejando ao redor da mesa, com uma vocação de desordem que alegrava a vida, e no fim sentava-se conosco e terminava comendo um pouco do prato de cada um. Mas desde que a senhora Forbes tomou conta dos nossos destinos, nos servia em silêncio tão obscuro que podíamos ouvir o burburinho da sopa fervendo na terrina. Jantávamos com a espinha dorsal apoiada no espaldar da cadeira, mastigando dez vezes de um lado e dez do outro, sem afastar os olhos da férrea e lânguida mulher outonal, que recitava uma lição de urbanidade aprendida de cor. Era igual à missa de domingo, mas sem o consolo das pessoas cantando.

No dia em que encontramos a moreia pendurada na porta, a senhora Forbes falou-nos dos deveres para com a pátria. Fulvia Flamínea, quase flutuando no ar rarefeito pela voz, serviu-nos depois da sopa um filé grelhado de uma carne nevada com um cheiro esplêndido. Para mim, que desde então preferia o peixe a qualquer outra coisa de comer da terra ou do céu, aquela lembrança de nossa casa de Guacamayal foi um alívio para o coração. Mas meu irmão recusou o prato sem prová-lo.

— Não gosto — disse.

A senhora Forbes interrompeu a lição.

— Você não pode saber — disse —, nem provou.

Dirigiu à cozinheira um olhar de alerta, mas já era tarde.

— A moreia é o peixe mais fino do mundo, *figlio mio* — disse Fulvia Flamínea. — Prove para ver.

A senhora Forbes não se alterou. Contou-nos, com seu método inclemente, que a moreia era um manjar de reis na antiguidade, e que os guerreiros disputavam sua bílis porque infundia uma coragem sobrenatural. Depois repetiu para nós, como tantas vezes em tão pouco tempo, que o bom gosto não é uma faculdade congênita, mas que tampouco pode ser ensinado em qualquer idade, deve ser imposto na infância. De maneira que não havia nenhuma razão válida para não comer. Eu, que havia provado a moreia antes de saber o que era, fiquei para sempre com uma contradição: tinha um sabor suave, embora um pouco melancólico, mas a imagem da serpente pregada no portal era mais aguda que meu apetite. Meu irmão fez um esforço supremo com o primeiro pedaço, mas não conseguiu suportar: vomitou.

— Vá ao banheiro — disse a senhora Forbes sem se alterar —, lave-se bem e volte para comer.

Senti uma grande angústia por ele, pois sabia o quanto lhe custava atravessar a casa inteira com as primeiras sombras e permanecer sozinho no banheiro o tempo necessário para se lavar. Mas voltou num instante, com outra camisa limpa, pálido e levemente sacudido por um tremor recôndito, e resistiu muito bem ao exame severo de sua limpeza. Então a senhora Forbes trinchou um pedaço da moreia, e deu a ordem de continuar. Eu passei um segundo bocado a duras penas. Meu irmão, porém, nem chegou a pegar os talheres.

— Não vou comer — disse.

Sua determinação era tão evidente que a senhora Forbes retraiu-se.

— Está bem — disse —, mas não vai ter sobremesa.

O alívio de meu irmão me deu coragem. Cruzei os talheres sobre o prato, do jeito que a senhora Forbes nos ensinou que deveríamos fazer ao terminar, e disse:

— Eu também não vou comer sobremesa.

— Nem vão ver televisão — disse ela.

— Nem vamos ver televisão — respondi.

A senhora Forbes pôs o guardanapo sobre a mesa, e nós três nos levantamos para rezar. Depois mandou-nos para o quarto, com a advertência de que deveríamos dormir no tempo que ela levava para acabar de comer. Todos os nossos pontos ficavam anulados, e só a partir de vinte tornaríamos a desfrutar de seus bolos de creme, suas tortas de baunilha, seus maravilhosos biscoitos de ameixas, como não haveríamos de conhecer outros no resto de nossas vidas.

Cedo ou tarde teríamos que chegar a esta ruptura. Durante um ano inteiro havíamos esperado com ansiedade aquele verão livre na ilha de Pantelaria, no extremo meridional da Sicília, e assim tinha sido durante o primeiro mês, em que nossos pais estiveram conosco. Ainda recordo como um sonho a planície solar de rochas vulcânicas, o mar eterno, a casa pintada de cal viva até os sardinéis, de cujas janelas viam-se nas noites sem vento as hastes luminosas dos faróis da África. Explorando com meu pai os fundos adormecidos ao redor da ilha havíamos descoberto uma réstia de torpedos amarelos, encalhados desde a última guerra; havíamos resgatado uma ânfora grega de quase um metro de altura, com grinaldas petrificadas, em cujo fundo jaziam os rescaldos de um vinho imemorial e venenoso, e nos havíamos banhado num remanso fumegante, cujas águas eram tão densas que quase dava para caminhar sobre elas. Mas a revelação mais deslumbrante para nós tinha sido Fulvia Flamínea. Parecia um bispo feliz, e sempre andava com uma ronda de gatos sonolentos que estorvavam seu caminhar, mas ela dizia que não os suportava por amor, e sim para impedir que a comessem os ratos. De noite, enquanto nossos pais viam na televisão os programas para adultos, Fulvia Flamínea nos levava com ela para a sua casa, a menos de cem metros da nossa, e nos ensinava a distinguir as algaravias remotas, as canções, as rajadas de pranto dos ventos de Túnis. Seu marido era um homem jovem demais para ela, trabalhava durante o verão nos hotéis de turistas, do outro lado da ilha, e só voltava para casa para dormir. Oreste vivia com os pais um pouco mais longe, e aparecia sempre de noite com réstias de peixes e canastras de lagostas acabadas de pescar, e pendurava na cozinha para que o marido de Fulvia Flamínea vendesse no dia seguinte para os hotéis. Depois colocava de novo a lanterna de mergulhador na fronte e nos levava para caçar preás, grandes como coelhos, que espreitavam os resíduos das cozinhas. Às vezes voltávamos para casa quando nossos pais haviam deitado, e mal podíamos dormir com o estrondo dos ratos disputando as sobras nos pátios. Mas mesmo aquele estorvo era um ingrediente mágico de nosso verão feliz.

Só mesmo meu pai para resolver contratar uma preceptora alemã. Meu pai era um escritor do Caribe, com mais presunção que talento. Deslumbrado pelas cinzas das glórias da Europa, sempre pareceu ansioso demais para fazer-se perdoar por sua origem, tanto nos livros quanto na vida real, e havia se imposto a fantasia de que não restasse em seus filhos nenhum vestígio de seu próprio

passado. Minha mãe continuou sendo sempre tão humilde como tinha sido quando professora errante na alta Guajira, e nunca imaginou que seu marido pudesse conceber uma ideia que não fosse proverbial. Portanto, nenhum dos dois deve ter-se perguntado com o coração como seria nossa vida com uma sargenta de Dortmund, empenhada em inculcar-nos à força os hábitos mais rançosos da sociedade europeia, enquanto eles participavam com quarenta escritores da moda de um cruzeiro cultural de cinco semanas pelas ilhas do mar Egeu.

A senhora Forbes chegou no último sábado de julho no barquinho regular de Palermo, e desde que a vimos pela primeira vez entendemos que a festa havia terminado. Chegou com umas botas de miliciano e um vestido de lapelas cruzadas naquele calor meridional, e com o cabelo cortado como de homem debaixo do chapéu de feltro. Cheirava a urina de mico. "Esse é o cheiro de todos os europeus, principalmente no verão", nos disse meu pai. "É o cheiro da civilização." Mas, apesar de sua pompa marcial, a senhora Forbes era uma criatura esquálida, que talvez nos tivesse suscitado certa compaixão se fôssemos maiores ou se ela tivesse tido algum vestígio de ternura. O mundo ficou diferente. As seis horas de mar, que desde o começo do verão haviam sido um contínuo exercício de imaginação, converteram-se numa hora, só e igual, muitas vezes repetida. Quando estávamos com nossos pais dispúnhamos do tempo todo para nadar com Oreste, assombrados pela arte e a audácia com que enfrentava os polvos em seu próprio ambiente turvo de tinta e de sangue, sem outras armas além de suas facas de luta. Depois continuou chegando às onze no barquinho com motor de popa, como fazia sempre, mas a senhora Forbes não lhe permitia ficar conosco nem um minuto além do indispensável para a aula de natação submarina. Proibiu que voltássemos de noite à casa de Fulvia Flamínea, porque considerava uma familiaridade excessiva com os serviçais, e tivemos que dedicar à leitura analítica de Shakespeare o tempo que antes desfrutávamos caçando preás. Acostumados a roubar mangas nos quintais e a matar cachorros a tijoladas nas ruas ardentes de Guacamayal, para nós era impossível conceber tormento mais cruel que aquela vida de príncipes.

Ainda assim, em pouco tempo percebemos que a senhora Forbes não era tão rígida consigo mesma como era conosco, e essa foi a primeira rachadura em sua autoridade. No começo ela ficava na praia debaixo do guarda-sol colorido, vestida de guerra, lendo baladas de Schiller enquanto Oreste nos ensinava a mergulhar, e depois nos dava aulas teóricas de bom comportamento em sociedade, uma hora atrás da outra, até a pausa do almoço.

Um dia pediu a Oreste que a levasse no barquinho a motor até as lojas de turistas dos hotéis e regressou com um maiô inteiriço, negro e reluzente como uma pele de foca, mas nunca entrou n'água. Tomava sol na praia enquanto nadávamos, e secava o suor com a toalha, sem passar pelo chuveiro, de maneira que em três dias parecia uma lagosta em carne viva e o cheiro de sua civilização havia se tornado irrespirável.

Suas noites eram de desabafo. Desde o princípio de seu mandato sentimos que alguém caminhava pela escuridão da casa, bracejando na escuridão, e meu irmão chegou a se inquietar com a ideia de que fossem os afogados errantes dos quais Fulvia Flamínea tanto nos havia falado. Muito rápido descobrimos que era a senhora Forbes, que passava a noite vivendo a vida real de mulher solitária que ela própria teria reprovado durante o dia. Certa madrugada a surpreendemos na cozinha, com a camisola de colegial, preparando suas sobremesas esplêndidas, com o corpo todo coberto de farinha até a cara e tomando uma taça de vinho do Porto com uma desordem mental que teria causado escândalo à outra senhora Forbes. Naquela época já sabíamos que depois que íamos deitar ela não ia para seu quarto, mas descia para nadar escondida, ou ficava até muito tarde na sala, vendo sem som na televisão os filmes proibidos para menores, enquanto comia tortas inteiras e bebia até uma garrafa do vinho especial que meu pai guardava com tanto zelo para as ocasiões memoráveis. Contra seus próprios sermões de austeridade e compostura, engasgava sem sossego, com uma espécie de paixão desenfreada. Depois, a escutávamos falando sozinha em seu quarto, a ouvíamos recitando em seu alemão melodioso fragmentos completos de *Die Jungfrau von Orleans*, a ouvíamos cantar, a ouvíamos soluçando na cama até o amanhecer, e depois aparecia no café da manhã com os olhos inchados de lágrimas, cada vez mais lúgubre e autoritária. Nem meu irmão nem eu tornamos a ser tão infelizes como naquela época, mas eu estava disposto a suportá-la até o fim, pois sabia que de todos os modos sua razão haveria de prevalecer contra a nossa. Meu irmão, por sua vez, enfrentou-a com todo o ímpeto de seu gênio, e o verão feliz tornou-se infernal. O episódio da moreia foi o último. Naquela mesma noite, enquanto ouvíamos da cama o vaivém incessante da senhora Forbes na casa adormecida, meu irmão soltou de repente toda a carga de rancor que estava apodrecendo-lhe a alma.

— Vou matá-la — disse.

Fiquei surpreso, não tanto pela decisão, mas pela casualidade de eu estar pensando a mesma coisa desde o jantar. Ainda assim, tentei dissuadi-lo.

— Eles vão cortar a tua cabeça — disse.

— Na Sicília não existe guilhotina — respondeu. — Além disso, ninguém vai saber quem foi.

Pensava na ânfora resgatada das águas, onde ainda estava o sedimento do vinho mortal. Meu pai guardava porque queria mandar fazer uma análise mais profunda para averiguar a natureza de seu veneno, pois não podia ser o resultado do simples transcurso do tempo. Usá-lo contra a senhora Forbes era algo tão fácil que ninguém iria pensar que não tivesse sido acidente ou suicídio. Portanto, ao amanhecer, quando a sentimos cair extenuada pela fragorosa vigília, pusemos vinho da ânfora na garrafa do vinho especial de meu pai. Pelo que ele nos dissera, aquela dose era suficiente para matar um cavalo.

Tomávamos o café da manhã na cozinha às nove em ponto, servido pela própria senhora Forbes com os pãezinhos doces que Fulvia Flamínea deixava muito cedo no fogão. Dois dias depois da substituição do vinho, enquanto tomávamos o café da manhã, meu irmão me fez perceber com um olhar de desencanto que a garrafa envenenada estava intacta na cristaleira. Isso foi numa sexta-feira, e a garrafa continuou intacta durante o fim de semana. Mas na noite da terça-feira, a senhora Forbes bebeu a metade enquanto via filmes libertinos na televisão.

Ainda assim, chegou pontual como sempre ao café da manhã da quarta-feira. Tinha sua cara habitual de noite péssima, e os olhos estavam tão ansiosos como sempre atrás dos vidros maciços, e tornaram-se mais ansiosos ainda quando encontrou na cestinha dos pães uma carta com selos da Alemanha. Leu-a enquanto tomava o café, como tantas vezes nos dissera que não se devia fazer, e ao longo da leitura passavam por sua cara as rajadas de claridade que as palavras escritas irradiavam. Depois arrancou os selos do envelope e colocou-os na cesta com os pãezinhos que sobraram, para a coleção do marido de Fulvia Flamínea. Apesar de sua má experiência inicial, naquele dia acompanhou-nos na exploração dos fundos marinhos, e ficamos vagando por um mar de águas delgadas até que começou a esgotar-se o ar de nossos tanques e voltamos para casa para tomar lições de boas maneiras. A senhora Forbes não apenas esteve com um ânimo floral durante todo o dia, como na hora do jantar parecia mais viva que nunca. Meu irmão, por sua vez, não podia suportar o desânimo. Assim que recebemos a ordem de começar afastou o prato de sopa de macarrão com um gesto provocador.

— Estou de saco cheio desta água de minhoca — disse.

Foi como se tivesse atirado na mesa uma granada de guerra. A senhora Forbes ficou pálida, seus lábios endureceram-se até que a fumaça da explosão começou a se dissipar, e as lentes de seus óculos embaçaram-se de lágrimas. Depois tirou os óculos, secou-os com o guardanapo, e antes de se levantar colocou-o em cima da mesa com a amargura de uma capitulação sem glória.

— Façam o que quiserem — disse. — Eu não existo.

Trancou-se em seu quarto às sete. Mas antes da meia-noite, quando supunha que já estávamos dormindo, a vimos passar com a camisola de colegial levando para o dormitório meio bolo de chocolate e a garrafa com mais de quatro dedos do vinho envenenado.

— Coitada da senhora Forbes — falei.

Meu irmão não respirava em paz.

— Coitados de nós, se ela não morrer esta noite — disse.

Naquela madrugada tornou a falar sozinha um tempão, declamou Schiller em altos brados, inspirada por uma loucura frenética, e culminou com um grito final que ocupou todo o espaço da casa. Depois suspirou muitas vezes até o fundo da alma e sucumbiu com um assovio triste e contínuo como o de uma barca à deriva. Quando despertamos, ainda esgotados pela tensão da vigília, o sol dava facadas através das persianas, mas a casa parecia mergulhada num lago. Então percebemos que eram quase dez da manhã e que não tínhamos sido despertados pela rotina matinal da senhora Forbes. Não ouvimos a descarga da privada às oito, nem a torneira da pia, nem o ruído das persianas, nem as ferraduras das botas, e os três golpes mortais na porta com a palma da mão de negreiro. Meu irmão pôs a orelha contra a parede, reteve a respiração para perceber o mínimo sinal de vida no quarto contíguo, e no fim exalou um suspiro de libertação.

— Pronto! — disse. — A única coisa que se ouve é o mar.

Preparamos nosso café da manhã pouco antes das onze, e depois descemos para a praia com dois cilindros para cada um e outros dois de reserva, antes que Fulvia Flamínea chegasse com sua ronda de gatos para fazer a limpeza da casa. Oreste já estava no embarcadouro estripando um dourado de seis libras que acabara de caçar. Dissemos a ele que havíamos esperado a senhora Forbes até as onze, e como ela continuava dormindo, decidimos descer sozinhos para o mar. Contamos ainda que na noite anterior ela havia sofrido uma crise de choro na mesa, que talvez tivesse dormido mal e preferido ficar na cama. Oreste não se interessou muito pela explicação, tal como esperávamos, e acompanhou-nos a perambular pouco mais de uma hora pelos fundos do mar. Depois indicou-nos que subíssemos para almoçar, e foi no barquinho a motor vender o dourado nos hotéis dos turistas. Da escadaria de pedra dissemos adeus com a mão, para que acreditasse que pretendíamos subir para a casa, até que desapareceu na curva das ilhotas. Então pusemos os tanques de oxigênio e continuamos nadando sem a permissão de ninguém.

O dia estava nublado e havia um clamor de trovões escuros no horizonte, mas o mar era liso e diáfano e se bastava de sua própria luz. Nadamos na superfície até a linha do farol de Pantelaria, dobramos depois uns cem metros à direita e submergimos onde calculávamos que havíamos visto os torpedos de guerra no princípio do verão. Lá estavam: eram seis, pintados de amarelo solar e com seus números de série intactos, e deitados no fundo vulcânico numa ordem perfeita que não podia ser casual. Depois continuamos girando ao redor do farol, na busca de uma cidade submersa da qual tanto e com tanto assombro Fulvia Flamínea nos havia falado, mas não conseguimos encontrá-la. Após duas horas, convencidos de que não havia novos mistérios por descobrir, saímos à superfície com o último sorvo de oxigênio.

Havia se precipitado uma tormenta de verão enquanto nadávamos, o mar estava revolto, e uma multidão de pássaros carnívoros revoava com pios ferozes sobre a trilha de peixes moribundos na praia. Mas a luz da tarde parecia acabada de ter sido feita, e a vida era boa sem a senhora Forbes. No entanto, quando acabamos de subir a duras penas a escadaria dos rochedos, vimos muita gente na casa e dois automóveis de polícia na frente da porta, e tivemos consciência pela primeira vez do que tínhamos feito. Meu irmão ficou trêmulo e tentou regressar.

— Eu não entro — disse.

Eu, por minha vez, tive a inspiração confusa de que ao ver o cadáver já estaríamos a salvo de toda suspeita.

— Tranquilo — disse a ele. — Respire fundo e pense numa coisa só: nós não sabemos nada.

Ninguém prestou atenção em nós. Deixamos os tanques, as máscaras e as nadadeiras no portal, e entramos pela galeria lateral, onde estavam dois homens fumando sentados no chão ao lado de uma maca de campanha. Percebemos então que havia uma ambulância na porta posterior e vários militares armados de rifles. Na sala, as mulheres da vizinhança rezavam em dialeto, sentadas nas cadeiras que haviam sido postas contra a parede, e seus homens estavam amontoados no quintal falando de qualquer coisa que não tinha nada a ver com a morte. Apertei com força a mão de meu irmão, que estava dura e gelada, e entramos na casa pela porta de trás. Nosso dormitório estava aberto e no mesmo estado em que o havíamos deixado pela manhã. No da senhora Forbes, que era o seguinte, havia um carabineiro controlando a entrada, mas a porta estava aberta. Espiamos para dentro com o coração oprimido, e mal tivemos tempo quando Fulvia Flamínea saiu da cozinha feito uma ventania e fechou a porta com um grito de espanto:

— Pelo amor de Deus, *figlioli*, não olhem!

Era tarde. Nunca, no resto de nossas vidas, haveríamos de esquecer o que vimos naquele instante fugaz. Dois homens à paisana estavam medindo a distância da cama à parede com uma fita métrica, enquanto outro tirava fotografias com uma câmera de manta negra como a dos fotógrafos dos parques. A senhora Forbes não estava sobre a cama revolta. Estava estendida de lado no chão, nua num charco de sangue seco que havia tingido por completo o soalho do quarto, e tinha o corpo crivado a punhaladas. Eram 27 feridas de morte, e pela quantidade e pela sevícia notava-se que tinham sido assestadas com a fúria de um amor sem sossego, e que a senhora Forbes as havia recebido com a mesma paixão, sem nem mesmo gritar, sem chorar, recitando Schiller com sua bela voz de soldado, consciente de que era o preço inexorável de seu verão feliz.

A luz
é como a água

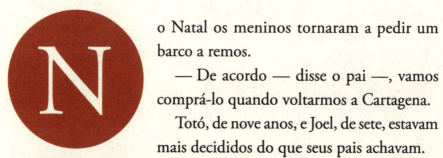o Natal os meninos tornaram a pedir um barco a remos.

— De acordo — disse o pai —, vamos comprá-lo quando voltarmos a Cartagena.

Totó, de nove anos, e Joel, de sete, estavam mais decididos do que seus pais achavam.

— Não — disseram em coro. — Precisamos dele agora e aqui.

— Para começar — disse a mãe —, aqui não há outras águas navegáveis além da que sai do chuveiro.

Tanto ela como o marido tinham razão. Na casa de Cartagena de Índias havia um pátio com um atracadouro sobre a baía e um refúgio para dois iates grandes. Em Madri, porém, viviam apertados no quinto andar do número 47 do Paseo de la Castellana. Mas no final nem ele nem ela puderam dizer não, porque haviam prometido

A luz é como a água

aos dois um barco a remos com sextante e bússola se ganhassem os louros do terceiro ano primário, e tinham ganhado. Assim sendo, o pai comprou tudo sem dizer nada à esposa, que era a mais renitente em pagar dívidas de jogo. Era um belo barco de alumínio com um fio dourado na linha de flutuação.

— O barco está na garagem — revelou o pai na hora do almoço. — O problema é que não tem jeito de trazê-lo pelo elevador ou pela escada, e na garagem não tem mais lugar.

No entanto, na tarde do sábado seguinte, os meninos convidaram seus colegas para carregar o barco pelas escadas, e conseguiram levá-lo até o quarto de empregada.

— Parabéns — disse o pai. — E agora?

— Agora, nada — disseram os meninos. — A única coisa que a gente queria era ter o barco no quarto, e pronto.

Na noite de quarta-feira, como em todas as quartas-feiras, os pais foram ao cinema. Os meninos, donos e senhores da casa, fecharam portas e janelas, e quebraram a lâmpada acesa de um lustre da sala. Um jorro de luz dourada e fresca feito água começou a sair da lâmpada quebrada, e deixaram correr até que o nível chegou a quatro palmos. Então desligaram a corrente, tiraram o barco, e navegaram com prazer entre as ilhas da casa.

Esta aventura fabulosa foi o resultado de uma leviandade minha quando participava de um seminário sobre a poesia dos utensílios domésticos. Totó me perguntou como era que a luz acendia só com a gente apertando um botão, e não tive coragem para pensar no assunto duas vezes.

— A luz é como a água — respondi. — A gente abre a torneira e sai.

E assim continuaram navegando nas noites de quarta-feira, aprendendo a mexer com o sextante e a bússola, até que os pais voltavam do cinema e os encontravam dormindo como anjos em terra firme. Meses depois, ansiosos por ir mais longe, pediram um equipamento de pesca submarina. Com tudo: máscaras, pés de pato, tanques e carabinas de ar comprimido.

— Já é ruim ter no quarto de empregada um barco a remos que não serve para nada — disse o pai. — Mas pior ainda é querer ter além disso equipamento de mergulho.

— E se ganharmos a gardênia de ouro do primeiro semestre? — perguntou Joel.

— Não — disse a mãe, assustada. — Chega.

O pai reprovou sua intransigência.

— É que estes meninos não ganham nem um prego por cumprir seu dever — disse ela —, mas por um capricho são capazes de ganhar até a cadeira do professor.

No fim, os pais não disseram que sim ou que não. Mas Totó e Joel, que tinham sido os últimos nos dois anos anteriores, ganharam em julho as duas gardênias de ouro e o reconhecimento público do diretor. Naquela mesma tarde, sem que tivessem tornado a pedir, encontraram no quarto os equipamentos em seu invólucro original. De maneira que, na quarta-feira seguinte, enquanto os pais viam *O último tango em Paris*, encheram o apartamento até a altura de duas braças, mergulharam como tubarões mansos por baixo dos móveis e das camas, e resgataram do fundo da luz as coisas que durante anos tinham-se perdido na escuridão.

Na premiação final os irmãos foram aclamados como exemplo para a escola e ganharam diplomas de excelência. Desta vez não ti-

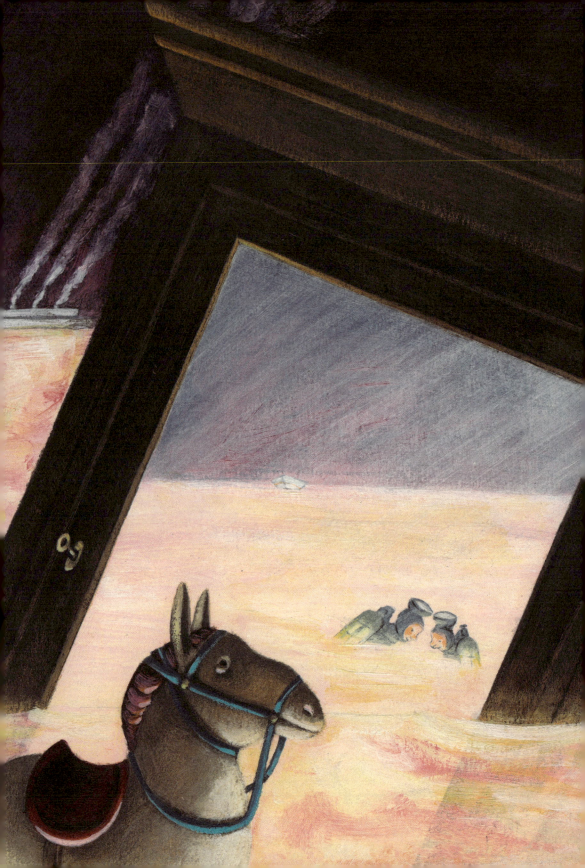

veram que pedir nada, porque os pais perguntaram o que queriam. E eles foram tão razoáveis que só quiseram uma festa em casa para os companheiros de classe.

O pai, a sós com a mulher, estava radiante.

— É uma prova de maturidade — disse.

— Deus te ouça — respondeu a mãe.

Na quarta-feira seguinte, enquanto os pais viam *A Batalha de Argel*, as pessoas que passaram pela Castellana viram uma cascata de luz que caía de um velho edifício escondido entre as árvores. Saía pelas varandas, derramava-se em torrentes pela fachada, e formou um leito pela grande avenida numa correnteza dourada que iluminou a cidade até o Guadarrama.

Chamados com urgência, os bombeiros forçaram a porta do quinto andar, e encontraram a casa coberta de luz até o teto. O sofá e as poltronas forradas de pele de leopardo flutuavam na sala a diferentes alturas, entre as garrafas do bar e o piano de cauda com seu xale de Manilha que agitava-se com movimentos de asa a meia água como uma arraia de ouro. Os utensílios domésticos, na plenitude de sua poesia, voavam com suas próprias asas pelo céu da cozinha. Os instrumentos da banda de guerra, que os meninos usavam para dançar, flutuavam a esmo entre os peixes coloridos liberados do aquário da mãe, que eram os únicos que flutuavam vivos e felizes no vasto lago iluminado. No banheiro flutuavam as escovas de dentes de todos, os preservativos do pai, os potes de cremes e a dentadura de reserva da mãe, e o televisor da alcova principal flutuava de lado, ainda ligado no último episódio do filme da meia-noite proibido para menores.

No final do corredor, flutuando entre duas águas, Totó estava sentado na popa do bote, agarrado aos remos e com a máscara no

A luz é como a água

rosto, buscando o farol do porto até o momento em que houve ar nos tanques de oxigênio, e Joel flutuava na proa buscando ainda a estrela polar com o sextante, e flutuavam pela casa inteira seus 37 companheiros de classe, eternizados no instante de fazer xixi no vaso de gerânios, de cantar o hino da escola com a letra mudada por versos de deboche contra o diretor, de beber às escondidas um copo de *brandy* da garrafa do pai. Pois haviam aberto tantas luzes ao mesmo tempo que a casa tinha transbordado, e o quarto ano elementar inteiro da escola de São João Hospitalário tinha se afogado no quinto andar do número 47 do Paseo de la Castellana. Em Madri de Espanha, uma cidade remota de verões ardentes e ventos gelados, sem mar nem rio, e cujos aborígines de terra firme nunca foram mestres na ciência de navegar na luz.

Maria
dos Prazeres

homem da agência funerária chegou tão pontualmente que Maria dos Prazeres ainda estava de roupão de banho e com a cabeça cheia de bobes, e mal teve tempo de pôr uma rosa vermelha na orelha para não parecer tão indesejável como se sentia. Lamentou ainda mais seu estado quando abriu a porta e viu que não era um tabelião lúgubre, como supunha que deveriam ser os comerciantes da morte, e sim um jovem tímido com um paletó quadriculado e uma gravata com pássaros coloridos. Não vestia sobretudo, apesar da primavera incerta de Barcelona, cujo chuvisco de ventos enviesados fazia quase sempre com que fosse menos tolerável que o inverno. Maria dos Prazeres, que havia recebido tantos homens a qualquer hora, sentiu-se envergonhada como muito poucas vezes. Acabava

de completar 76 anos e estava convencida de que ia morrer antes do Natal, e ainda assim esteve a ponto de fechar a porta e pedir ao vendedor de enterros que esperasse um instante enquanto se vestia para recebê-lo de acordo com seus méritos. Mas depois pensou que ele iria congelar no vestíbulo escuro e o fez entrar.

— Perdoe essa cara de morcego — disse —, mas estou há mais de cinquenta anos na Catalunha e é a primeira vez que alguém chega na hora anunciada.

Falava um catalão perfeito com uma pureza um pouco arcaica, embora ainda se notasse a música de seu português esquecido. Apesar de seus anos e seus cachos de arame continuava sendo uma mulata esbelta e vivaz, de cabelo duro e olhos amarelos e ferozes, e já fazia muito tempo que havia perdido a compaixão pelos homens. O vendedor, deslumbrado ainda pela claridade da rua, não fez nenhum comentário, apenas limpou as solas do sapato na esteirinha de juta e beijou a mão dela com reverência.

— Você é um homem como os dos meus tempos — disse Maria dos Prazeres com uma gargalhada de granizo. — Senta aí.

Embora fosse novo no ofício, ele o conhecia o suficiente para não esperar aquela recepção festiva às oito da manhã, e menos ainda de uma anciã sem misericórdia que à primeira vista lhe pareceu uma louca fugitiva das Américas. Assim, permaneceu a um passo da porta sem saber o que dizer, enquanto Maria dos Prazeres abria as grossas cortinas de pelúcia das janelas. O tênue resplendor de abril iluminou um pouco o ambiente meticuloso da sala que mais parecia a vitrine de um antiquário. Eram coisas de uso cotidiano, nem uma a mais, nem uma a menos, e cada uma parecia posta em seu espaço natural, e com um gosto tão certeiro que teria sido difícil encontrar outra casa mais bem servida, mesmo numa cidade tão antiga e secreta como Barcelona.

— Perdão — disse. — Enganei-me de porta.

— Oxalá — disse ela —, mas a morte não se engana.

O vendedor abriu sobre a mesa de jantar um gráfico cheio de dobras como uma carta de navegar com parcelas de cores diversas e numerosas cruzes e cifras em cada cor. Maria dos Prazeres compreendeu que era o plano completo do imenso panteão de Montjuich, e lembrou com um horror muito antigo do cemitério de Manaus debaixo dos aguaceiros de outubro, onde chafurdavam as antas entre os túmulos sem nomes e mausoléus de aventureiros com vitrais florentinos. Certa manhã, sendo muito menina, o Amazonas transbordado amanheceu convertido num pântano nauseabundo, e ela havia visto os ataúdes rachados flutuando no quintal da sua casa com pedaços de trapos e cabelos de mortos nas rachaduras. Aquela recordação era a causa de que tivesse escolhido o morro de Montjuich para descansar em paz, e não o pequeno cemitério de San Gervasio, tão próximo e familiar.

— Quero um lugar onde as águas não cheguem nunca — disse.

— Pois aqui está — disse o vendedor, indicando o lugar no mapa com um apontador extensível que levava no bolso como uma esferográfica de aço. — Não há mar que suba tanto.

Ela se orientou no tabuleiro de cores até encontrar a entrada principal, onde estavam as três tumbas contíguas, idênticas e sem nome, onde jaziam Buenaventura Durruti e outros dois dirigentes anarquistas mortos na Guerra Civil. Todas as noites alguém escrevia os nomes nas lápides em branco. Escreviam com lápis, com tinta, com carvão, com lápis de sobrancelha ou esmalte de unhas, com todas as suas letras e na ordem correta, e todas as manhás os zeladores os apagavam para que ninguém soubesse quem era quem debaixo dos mármores mudos. Maria dos Prazeres havia assistido ao enterro de Durruti, o mais triste e tumultuado de todos os que ocorreram em Barcelona, e queria repousar perto de sua tumba. Mas náo havia nenhuma disponível no vasto panteáo agora superpovoado. Assim, resignou-se com o possível. "Com a condiçáo", disse, "de que náo me metam numa dessas gavetas de cinco anos, onde a gente fica que nem no correio." Depois, recordando de repente o requisito essencial, concluiu:

— E, principalmente, que me enterrem deitada.

Na verdade, como réplica à ruidosa promoçáo de tumbas vendidas em prestaçóes antecipadas, circulava o rumor de que estavam enterrando gente em pé, para economizar espaço. O vendedor explicou, com a precisão de um discurso decorado, e muitas vezes repetido, que essa versáo era uma infâmia perversa das empresas funerárias tradicionais para desacreditar a novidade da promoçáo de tumbas a prestaçáo. Enquanto explicava, bateram na porta com três golpezinhos discretos, e ele fez uma pausa incerta, mas Maria dos Prazeres indicou que continuasse.

— Náo se preocupe — disse em voz muito baixa. — É o Noi.

O vendedor retomou o fio, e Maria dos Prazeres ficou satisfeita com a explicação. No entanto, antes de abrir a porta quis fazer uma síntese final de um pensamento que havia amadurecido em seu coração durante muitos anos, e até em seus pormenores mais íntimos, desde a lendária enchente de Manaus.

— O que quero dizer — disse — é que procuro um lugar no qual esteja deitada debaixo da terra, sem riscos de inundaçóes e se for possível à sombra das árvores no verão, e de onde não vão me tirar depois de um certo tempo para me jogar no lixo.

Abriu a porta da rua e entrou um cãozinho empapado pela chuvinha fina, e com um aspecto perdulário que não tinha nada a ver com o resto da casa. Regressava de seu passeio matinal pela vizinhança, e ao entrar sofreu um arrebato de alvoroço. Saltou sobre a mesa latindo sem sentido e quase estropiou o mapa do cemitério com as patas sujas de barro. Um único olhar da dona foi suficiente para moderar seus ímpetos.

— Noi! — disse a ele sem gritar. — *Baixa d'ací!*

O animal se encolheu, olhou-a assustado, e um par de lágrimas nítidas resvalou por seu focinho. Então Maria dos Prazeres tornou a se ocupar do vendedor e encontrou-o perplexo.

— *Collons!* — exclamou ele. — Chorou!

— É que ficou alvoroçado por encontrar alguém aqui a esta hora — desculpou Maria dos Prazeres em voz baixa. — Em geral, entra na casa com mais cuidado que os homens. Exceto você, como já notei.

— Mas ele chorou, caralho! — repetiu o vendedor, e de imediato percebeu sua incorreção e desculpou-se, ruborizado: — A senhora me perdoe, mas é que não vi isto nem no cinema.

— Todos os cães podem fazer isso se forem ensinados — disse ela. — Acontece que os donos passam a vida educando os cachorros com hábitos que os fazem sofrer, como comer em pratos ou fazer suas porcarias na hora certa e no mesmo lugar. E, em compensação, não ensinam as coisas naturais das quais eles gostam, como rir e chorar. Mas aonde estávamos?

Faltava muito pouco. Maria dos Prazeres teve que se resignar também aos verões sem árvores, porque as únicas que havia no

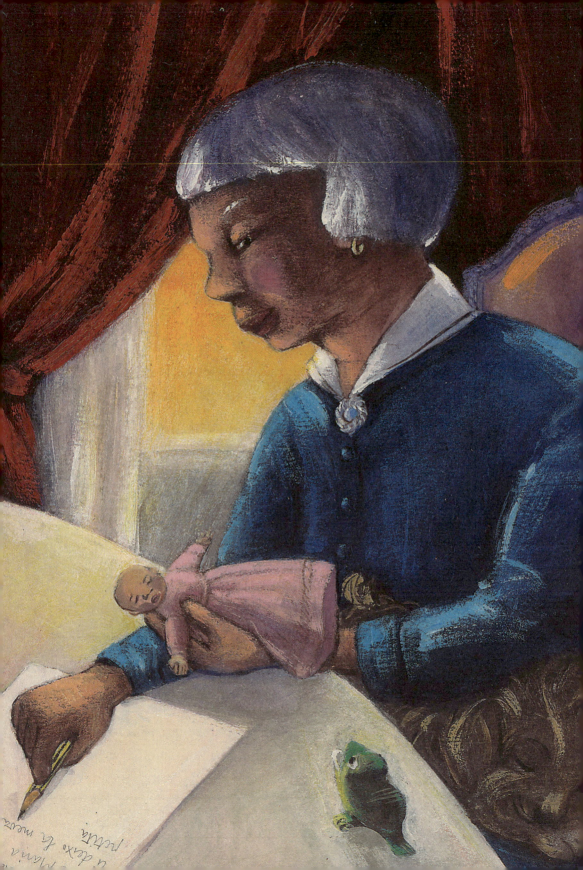

cemitério tinham suas sombras reservadas aos hierarcas do regime. As condições e as fórmulas do contrato, no entanto, eram supérfluas, porque ela queria se beneficiar do desconto por pagamento antecipado e à vista.

Só quando haviam terminado, e enquanto guardava outra vez os papéis na pasta, o vendedor examinou a casa com um olhar consciente e estremeceu com o hálito mágico de sua beleza. Tornou a olhar Maria dos Prazeres como se fosse a primeira vez.

— Posso fazer uma pergunta indiscreta? — perguntou.

Ela levou-o até a porta.

— Claro — disse —, desde que não seja a minha idade.

— Tenho a mania de adivinhar o ofício das pessoas pelas coisas que estão em suas casas, e aqui, para ser franco, não consigo — disse ele. — O que a senhora faz?

Maria dos Prazeres respondeu morrendo de rir:

— Sou puta, filho. Ou já não dá mais para notar?

O vendedor ficou vermelho.

— Sinto muito.

— Eu é que devia sentir — disse ela, tomando-o pelo braço para impedir que se esborrachasse contra a porta. — E toma cuidado! Não vá se arrebentar antes de me enterrar direitinho.

Assim que fechou a porta, pegou o cãozinho e começou a limpá-lo, e somou sua bela voz africana aos coros infantis que naquele momento começavam a se ouvir na escola vizinha. Três meses antes havia tido em sonhos a revelação de que ia morrer, e desde então sentiu-se mais ligada que nunca àquela criatura da sua solidão. Havia previsto com tanto cuidado a partilha póstuma de suas coisas e o destino de seu corpo, que naquele instante poderia morrer sem estorvar ninguém. Tinha se aposentado por vontade própria com uma fortuna entesourada pedra sobre pedra mas sem sacrifícios demasiado amargos, e havia escolhido como refúgio final o muito antigo e nobre povoado de Gràcia, já digerido pela expansão da cidade. Havia comprado o apartamento em ruínas, sempre cheirando a arenques defumados, cujas paredes carcomidas pelo salitre ainda conservavam os impactos de algum combate sem glória. Não havia porteiro, e nas escadas úmidas e tenebrosas faltavam alguns degraus, embora todos os andares estivessem ocupados. Maria dos Prazeres mandou reformar o banheiro e a cozinha, forrou as paredes com cortinados de cores alegres e pôs vidros bisotados e cortinas de veludo nas janelas. Por último, levou os móveis primorosos, as coisas de serviço e decoração e os arcões de sedas e brocados que os fascistas roubavam das residências abandonadas pelos republicanos na debandada da derrota e que ela tinha ido comprando aos poucos, durante muitos anos, a preço de ocasião e em leilões secretos. O único vínculo que restou com o passado foi sua amizade com o conde de Cardona, que continuou visitando-a na última sexta-feira de cada mês para jantar com ela e fazer um lânguido amor de sobremesa. Mas mesmo aquela amizade da juventude se manteve na reserva, pois o conde deixava seu automóvel com as insígnias heráldicas a uma distância mais que prudente e chegava até o apartamento caminhando pela sombra, tanto para proteger a sua honra como a dela própria. Maria dos Prazeres não conhecia ninguém naquele edifício, onde morava num apartamento que ficava na sobreloja, a não ser os da porta em frente à sua, onde morava fazia pouco tempo um casal muito jovem com uma menina de nove anos.

Achava incrível, mas era verdade, que nunca tivesse encontrado ninguém nas escadas.

Mesmo assim, a divisão de sua herança demonstrou que estava mais implantada do que ela mesma supunha naquela comunidade de cataláes crus cuja honra nacional se fundava no pudor. Até as bijuterias mais insignificantes ela havia dividido entre as pessoas que estavam mais perto de seu coração, que eram as que estavam mais próximas de sua casa. No final não se sentia muito convencida de haver sido justa, mas estava, em compensação, segura de não ter esquecido ninguém que não merecesse. Foi um ato preparado com tanto rigor que o tabelião da rua da Árvore, que se prezava de ter visto tudo, não podia acreditar em seus próprios olhos quando a viu ditando de memória aos seus amanuenses a lista minuciosa de seus bens, com o nome preciso de cada coisa em catalão medieval, e a lista completa dos herdeiros com seus endereços e profissóes, e o lugar que ocupavam em seu coração.

Depois da visita do vendedor de enterros ela terminou por converter-se em mais um dos numerosos visitantes dominicais do cemitério. A exemplo de seus vizinhos de túmulo semeou flores de quatro estaçóes em seus canteiros, regava a grama recém-nascida e a igualava com a tesoura de podar até deixá-la como os tapetes da prefeitura, e familiarizou-se tanto com o lugar que acabou não entendendo como foi que no começo achava-o tão desolado.

Em sua primeira visita, o coração tinha dado um salto quando viu junto ao portal os três túmulos sem nome, e nem se deteve para olhá-los, porque a poucos passos dela estava o vigilante insone. Mas no terceiro domingo aproveitou um descuido para cumprir outro de seus grandes sonhos, e com o batom escreveu na primeira lápide lavada pela chuva: *Durruti*. Desde então, sempre que pôde tornou a fazer isso, às vezes numa tumba, em duas ou nas três, e sempre com o pulso firme e o coração alvoroçado pela nostalgia.

Num domingo do fim de setembro presenciou o primeiro enterro na colina. Três semanas depois, numa tarde de ventos gelados, enterraram uma jovem recém-casada na tumba vizinha à dela. No fim do ano, sete terrenos estavam ocupados, mas o inverno efêmero passou sem alterá-la. Não sentia nenhum mal-estar, e à medida que aumentava o calor e entrava o ruído torrencial da vida pelas janelas abertas, encontrava-se com mais ânimo para sobreviver aos enigmas de seus sonhos. O conde de Cardona, que passava na montanha os meses de mais calor, encontrou-a em seu regresso mais atrativa ainda que na sua surpreendente juventude dos cinquenta anos.

Após muitas tentativas frustradas, Maria dos Prazeres conseguiu que Noi distinguisse sua tumba na extensa colina de tumbas iguais. Depois se empenhou em ensiná-lo a chorar sobre a sepultura vazia para que continuasse a fazer isso por costume após a sua morte. Levou-o várias vezes a pé da casa para o cemitério, para que memorizasse a rota do ônibus das Ramblas, até que o sentiu bastante treinado para mandá-lo sozinho.

No domingo do ensaio final, às três da tarde, tirou do cãozinho o colete de primavera, em parte porque o verão era iminente e em parte para que chamasse menos a atenção, e deixou-o por sua conta. Viu como ele se afastava pela calçada de sombra com um trote ligeiro e o cuzinho apertado e triste debaixo da cauda alvoroçada, e conseguiu a duras penas reprimir os desejos de chorar, por ela e por ele, e por tantos e tão amargos anos de

ilusões comuns, até que o viu dobrar rumo ao mar pela esquina da Calle Mayor. Quinze minutos mais tarde subiu no ônibus das Ramblas na vizinha praça de Lesseps, tentando enxergá-lo sem ser vista pela janela, e enfim conseguiu vê-lo entre as molecagens dos meninos dominicais, distante e sério, esperando o sinal de pedestres do Paseo de Gràcia.

"Meu Deus", suspirou. "Parece tão sozinho."

Teve que esperá-lo quase duas horas debaixo do sol brutal de Montjuich. Cumprimentou várias pessoas de outros domingos menos memoráveis, embora mal as tenha reconhecido, pois havia passado tanto tempo desde que as viu pela primeira vez, que já não estavam com roupas de luto, nem choravam, e punham as flores sobre as tumbas sem pensar em seus mortos. Pouco depois, quando todos foram embora, ouviu um bramido lúgubre que espantou as gaivotas, e viu no mar imenso um transatlântico branco com a bandeira do Brasil, e desejou com toda a sua alma que ele trouxesse uma carta de alguém que tivesse morrido por ela no cárcere de Pernambuco. Pouco depois das cinco, com doze minutos de antecipação, apareceu Noi na colina, babando de fadiga e de calor, mas com ares de menino triunfante. Naquele momento, Maria dos Prazeres superou o terror de não ter ninguém que chorasse em sua tumba.

Foi no outono seguinte que começou a perceber signos funestos que não conseguia decifrar, mas que aumentaram o peso de seu coração. Tornou a tomar café debaixo das acácias douradas da Plaza del Reloj com o casaco de gola de caudas de raposa e o chapéu com adorno de flores artificiais que de tão antigo tinha voltado à moda. Aguçou o instinto. Tentando explicar a si própria a sua ansiedade sondou a tagarelice das vendedoras de pássaros das Ramblas, os sussurros dos homens nas bancas de livros que pela primeira vez em muitos anos não falavam de futebol, os fundos silêncios dos mutilados de guerra que jogavam migalhas de pão para os pombos, e em todas as partes encontrou sinais inequívocos da morte. No Natal acenderam-se as luzes de cores entre as acácias, e saíam músicas e vozes de júbilo dos balcões, e uma multidão de turistas alheios ao nosso destino invadiu os cafés ao ar livre, mas mesmo dentro da festa sentia-se a mesma tensão reprimida que precedeu os tempos em que os anarquistas se fizeram donos da rua. Maria dos Prazeres, que havia vivido aquela época de grandes paixões, não conseguia dominar a inquietação, e pela primeira vez foi despertada na metade de um sonho por golpes de pavor. Uma noite, agentes da Segurança do Estado assassinaram a tiros na frente de sua janela um estudante que havia escrito no muro: *Visca Catalunya lliure.*

"Meu Deus", falou a si própria, assombrada, "é como se tudo estivesse morrendo comigo!"

Só havia conhecido uma ansiedade semelhante quando era muito pequena em Manaus, um minuto antes do amanhecer, quando os ruídos numerosos da noite cessavam de repente, as águas se detinham, o tempo titubeava, e a selva amazônica mergulhava num silêncio abismal que só podia ser igual ao da morte. No meio daquela tensão irresistível, na última sexta-feira de abril, como sempre, o conde de Cardona foi comer em sua casa.

A visita havia se convertido num ritual. O conde chegava pontual entre as sete e as nove da noite com uma garrafa de champanha do país embrulhada no jornal da tarde para que não se notasse tanto,

e uma caixa de trufas recheadas. Maria dos Prazeres preparava canelones gratinados e um frango macio feito em seu próprio suco, que eram os pratos favoritos dos cataláes de estirpe de seus bons tempos, e uma travessa sortida de frutas da estação. Enquanto ela fazia a cozinha, o conde escutava no gramofone fragmentos de óperas italianas em versóes históricas, tomando aos poucos uma tacinha de vinho do Porto que durava até o final dos discos.

Depois do jantar, longo e bem conversado, faziam de cor um amor sedentário que deixava, nos dois, um sedimento de desastre. Antes de ir embora, sempre sobressaltado pela iminência da meia-noite, o conde deixava 25 pesetas debaixo do cinzeiro do dormitório. Esse era o preço de Maria dos Prazeres quando ele a conheceu num hotel do Paralelo, e era a única coisa que o óxido do tempo havia deixado intacta.

Nenhum dos dois havia se perguntado nunca em que se fundava essa amizade. Maria dos Prazeres devia ao conde alguns favores fáceis. Ele dava a ela conselhos oportunos para o bom manejo de suas economias, havia ensinado a ela como distinguir o valor real de suas relíquias e o modo de tê-las sem que ninguém descobrisse que eram coisas roubadas. Mas, acima de tudo, foi ele quem lhe indicou o caminho de uma velhice decente no bairro de Gràcia, quando em seu bordel da vida inteira a declararam usada demais para os gostos modernos e quiseram mandá-la para uma casa de aposentadas clandestinas que por cinco pesetas ensinavam os meninos a fazer amor. Ela tinha contado ao conde que sua mãe a vendera aos catorze anos no porto de Manaus e que o primeiro--oficial de um barco turco desfrutou dela sem piedade durante a travessia do Atlântico e depois deixou-a abandonada sem dinheiro, sem idioma e sem nome no pântano de luzes do Paralelo. Ambos eram conscientes de ter tão poucas coisas em comum que nunca sentiam-se mais sozinhos que quando estavam juntos, mas nenhum dos dois havia se atrevido a magoar os encantos do hábito. Precisaram de uma comoção nacional para perceber, ao mesmo tempo, o quanto haviam se odiado, e com quanta ternura, durante tantos anos.

Foi uma deflagração. O conde de Cardona estava escutando o dueto de amor de *La Bohème*, cantado por Licia Albanese e Beniamino Gigli, quando chegou até ele uma rajada casual das notícias do rádio que Maria dos Prazeres escutava na cozinha. Aproximou-se com cuidado e escutou também. O general Francisco Franco, ditador eterno da Espanha, havia assumido a responsabilidade de decidir o destino final de três separatistas bascos que acabavam de ser condenados à morte. O conde exalou um suspiro de alívio.

— Então, vão fuzilá-los sem remédio — disse ele —, porque o Caudilho é um homem justo.

Maria dos Prazeres fixou nele seus ardentes olhos de cobra-real, e viu suas pupilas sem paixão atrás dos óculos de ouro, os dentes de rapina, as mãos híbridas de animal acostumado à umidade e às trevas. Do jeito que ele era.

— Pois rogue a Deus que não — disse —, porque se fuzilarem um só eu boto veneno na tua sopa.

O conde assustou-se.

— E por que isso?

— Porque eu também sou uma puta justa.

O conde de Cardona não voltou mais, e Maria dos Prazeres teve a certeza de que o último ciclo de sua vida acabava de se encerrar.

Até pouco antes, indignava-se quando lhe ofereciam o assento nos ônibus, que tentassem ajudá-la a atravessar a rua, que a tomassem pelo braço para subir as escadas, mas havia terminado não apenas por admitir tudo isso, mas desejando como uma necessidade detestável. Então mandou fazer uma lápide de anarquista, sem nome nem datas, e começou a dormir sem passar a tranca na porta para que Noi pudesse sair com a notícia se ela morresse durante o sono.

Um domingo, ao entrar em casa na volta do cemitério, encontrou no desvão da escada a menina que morava na porta da frente. Acompanhou-a vários quarteirões, falando-lhe de tudo com um candor de avó, enquanto via a menina brincar com Noi como velhos amigos. Na Plaza del Diamante, tal como havia previsto, ofereceu-lhe um sorvete.

— Você gosta de cachorros? — perguntou.

— Adoro — respondeu a menina.

Então Maria dos Prazeres fez a ela a proposta que tinha preparada desde tempos.

— Se algum dia me acontecer alguma coisa, cuide do Noi — disse — com a única condição de que nos domingos você o deixe livre, sem se preocupar. Ele vai saber o que fazer.

A menina ficou feliz. Maria dos Prazeres, por sua vez, regressou para casa com o júbilo de ter vivido um sonho, amadurecido durante anos em seu coração. Porém, não foi pelo cansaço da velhice nem pela demora da morte que aquele sonho não se realizou. Nem mesmo foi uma decisão própria. A vida havia tomado a decisão por ela numa tarde glacial de novembro, quando se precipitou uma tormenta súbita na saída do cemitério. Havia escrito os nomes nas três lápides e descia a pé para o ponto de ônibus quando ficou empapada até os ossos pelas primeiras rajadas de chuva. Mal teve tempo de abrigar-se nos portais de um bairro deserto que parecia outra cidade, com armazéns em ruínas e fábricas empoeiradas, e enormes furgões de carga que tornavam o estrépito da tormenta ainda mais pavoroso. Enquanto tentava aquecer com seu corpo o cãozinho ensopado, Maria dos Prazeres via passar os ônibus repletos, via passar os táxis vazios com a bandeira abaixada, mas ninguém prestava atenção a seus sinais de náufrago. De repente, quando já parecia impossível até um milagre, um automóvel suntuoso da cor do aço crepuscular passou quase sem ruído pela rua inundada, parou de chofre na esquina e regressou de marcha à ré até onde ela estava. Os vidros desceram por um sopro mágico, e o chofer se ofereceu para levá-la.

— Vou muito longe — disse Maria dos Prazeres com sinceridade. — Mas seria um grande favor me levar até mais perto.

— Diga aonde vai — insistiu ele.

— A Gràcia — disse ela.

A porta abriu-se sem tocá-la.

— Está no meu caminho — disse ele. — Sobe.

No interior, que cheirava a remédio refrigerado, a chuva converteu-se num percalço irreal, a cidade mudou de cor, e ela sentiu-se num mundo alheio e feliz onde tudo estava resolvido de antemão. O condutor abria caminho através da desordem do trânsito com uma fluidez que tinha algo de magia. Maria dos Prazeres estava intimidada, não apenas pela sua própria miséria mas também pela do cãozinho digno de pena que dormia em seu regaço.

— Isto é um transatlântico — disse, porque sentiu que tinha que dizer algo digno. — Nunca vi nada igual, nem em sonhos.

— Na verdade, a única coisa de mau é que não é meu — disse ele, num catalão difícil, e depois de uma pausa acrescentou em castelhano: — O salário da minha vida inteira não bastaria para comprá-lo.

— Calculo — suspirou ela.

Examinou-o de soslaio, iluminado pelo resplendor do painel, e viu que era quase um adolescente, com o cabelo crespo e curto, e um perfil de bronze romano. Pensou que não era belo, mas que tinha um encanto diferente, que lhe caía muito bem a jaqueta de couro barato gasta pelo uso, e que sua mãe devia sentir-se muito feliz quando adivinhava que estava voltando para casa. Só por suas mãos de lavrador já dava para acreditar que não era dono do automóvel.

Não tornaram a falar em todo o trajeto, mas também Maria dos Prazeres sentiu-se examinada de soslaio várias vezes, e uma vez condoeu-se por continuar viva à sua idade. Sentiu-se feia e compadecida, com o lenço de cozinha que havia posto na cabeça de qualquer jeito quando começou a chover, e o deplorável sobretudo de outono que não tivera a ideia de trocar porque estava pensando na morte.

Quando chegaram no bairro de Gràcia havia começado a amainar, era de noite e as luzes da rua estavam acesas. Maria dos Prazeres disse ao motorista que a deixasse numa esquina próxima, mas ele insistiu em levá-la até a porta de casa, e não só fez isso como também estacionou sobre a calçada para que pudesse descer sem se molhar. Ela soltou o cãozinho, tentou sair do automóvel com toda a dignidade que o corpo permitisse, e quando se virou para agradecer encontrou-se com um olhar de homem que deixou-a sem fôlego. Manteve o olhar por um instante, sem entender direito quem esperava o quê, nem de quem, e então ele perguntou com uma voz decidida:

— Subo?

Maria dos Prazeres sentiu-se humilhada.

— Agradeço muito o favor de me trazer — disse —, mas não permito que caçoe de mim.

— Não tenho nenhum motivo para caçoar de ninguém — disse ele em castelhano com uma seriedade terminante. — E muito menos de uma mulher como a senhora.

Maria dos Prazeres havia conhecido muitos homens como aquele, salvara do suicídio muitos outros mais atrevidos que aquele, mas nunca em sua longa vida tivera tanto medo de decidir. Ouviu-o insistir sem o menor indício de mudança na voz:

— Subo?

Ela afastou-se sem fechar a porta do automóvel e respondeu em castelhano para ter certeza de ser entendida.

— Faça o que quiser.

Entrou no saguão mal iluminado pelo resplendor oblíquo da rua e começou a subir o primeiro trecho da escada com os joelhos trêmulos, sufocada por um pavor que só acreditava possível no momento de morrer. Quando parou na frente da porta do apartamento, tremendo de ansiedade para encontrar as chaves na bolsa, ouviu a batida sucessiva das duas portas do automóvel na rua. Noi, que havia se adiantado, tentou latir. "Calado", ordenou ela com um sussurro de agonia. Quase em seguida sentiu os primeiros passos nos degraus soltos da escada e temeu que seu coração fosse arrebentar. Numa fração de segundo voltou a examinar por completo o sonho premonitório que havia mudado sua vida durante três anos e compreendeu o erro de sua interpretação.

"Deus meu", disse assombrada. "Quer dizer que não era a morte!"

Encontrou finalmente a fechadura, ouvindo os passos contados na escuridão, ouvindo a respiração crescente de alguém que se aproximava tão assustado quanto ela no escuro, e então compreendeu que havia valido a pena esperar tantos e tantos anos, e haver sofrido tanto na escuridão, mesmo que tivesse sido só para viver aquele instante.

Obras do autor

O amor nos tempos do cólera
A aventura de Miguel Littín clandestino no Chile
Cem anos de solidão
Cheiro de goiaba
Crônica de uma morte anunciada
Do amor e outros demônios
Doze contos peregrinos
Os funerais da Mamãe Grande
O general em seu labirinto
A incrível e triste história de Cândida Erêndira e sua avó desalmada
Memória de minhas putas tristes
Ninguém escreve ao coronel
Notícia de um sequestro
Olhos de cão azul
O outono do patriarca
Relato de um náufrago
A revoada (O enterro do diabo)
O veneno da madrugada (A má hora)
Viver para contar

Obra jornalística

Vol. 1 – Textos caribenhos (1948-1952)
Vol. 2 – Textos andinos (1954-1955)
Vol. 3 – Da Europa e da América (1955-1960)
Vol. 4 – Reportagens políticas (1974-1995)
Vol. 5 – Crônicas (1961-1984)

Obra infantojuvenil

A luz é como a água
Maria dos Prazeres
A sesta da terça-feira
Um senhor muito velho com umas asas enormes
O verão feliz da senhorita Forbes
Maria dos Prazeres e outros contos (com Carme Solé Vendrell)

"A sesta da terça-feira" foi publicado em *Os funerais de Mamãe Grande* no ano de 1962, "Um senhor muito velho com umas asas enormes" e "A última viagem do navio fantasma" apareceram em *A incrível e triste história de Cândida Erêndira e sua avó desalmada* em 1972, e "Maria dos Prazeres", "O verão feliz da senhora Forbes" e "A luz é como a água" foram publicados no ano de 1992 em *Doze contos peregrinos*.

Este livro foi composto na tipografia Adobe
Garamond Pro, em corpo 13/18, e impresso em
papel Off-white 90g/m² na gráfica Lis Gráfica.